www.ingramcontent.com/pod-product-compliance
Lightning Source LLC
LaVergne TN
LVHW010756051026
849532LV00007B/2388
* 9 7 8 9 3 6 9 0 8 7 9 8 3 *

موت کا بازار

(جاسوسی ناول)

آفتاب جلالی

Maut ka Bazaar *(Detective Novel)*
by: Aaftaab Jalali
Edition: June '2025
Publisher :
Taemeer Publications LLC (Michigan, USA / Hyderabad, India)

ISBN 978-93-6908-798-3
9789369087983

کتاب	:	**موت کا بازار** (ناول)
مصنف	:	**آفتاب جلالی**
صنف	:	فکشن
ناشر	:	تعمیر پبلی کیشنز (حیدرآباد، انڈیا)
سالِ اشاعت	:	۲۰۲۵ء
صفحات	:	۱۶۰
سرورق ڈیزائن	:	تعمیر ویب ڈیزائن

پیش لفظ

بازار ہر طرف پھیلے ہوئے ہیں۔ ہر شے بکنے کے لیے ہے۔ ذہن، ضمیر، شرافت، اخلاق، عزت، سبھی کچھ۔

اس کا سبب یہ ہے کہ ہمارے معاشرے میں خریداروں کی کمی نہیں۔ کچھ لوگوں کے پاس دولت بہت ہے، وہ سب کچھ خرید سکتے ہیں۔ یہ کہنا غلط نہ ہوگا کہ آج کا انسانی معاشرہ ایک بہت بڑا بازار بن چکا ہے۔

خاص طور سے سماج کا متموّل طبقہ — اپنی ساری زندگی ایک بڑے بازار میں گزار دیتا ہے۔ رشتے خریدے اور بیچے جاتے ہیں۔ مسرّتوں اور غموں کا کاروبار ہوتا ہے۔

بات یہیں تک محدود رہتی تو آج کے انسانی معاشرے کا حال اتنا خراب نہ ہوتا۔ انسانی معاشرے کی باگ ڈور جن ہاتھوں میں ہے، انھوں نے موت کا ایک بازار بھی گرم کر رکھا ہے۔ جرائم، قتل، غارت گری، فسادات، جنگیں — پھر ضمیر کا قتل، ذہن کا قتل، شخصیت کا قتل — لوگ کہتے ہیں کہ شہروں میں روشنی بہت ہے۔ اس روشنی کی چمک دمک دیکھنی ہو تو متموّل طبقے کے کسی بھی رہائشی علاقے کی طرف نکل جائیے۔ مگر اس روشنی کے پیچھے اندھیرا کتنا ہے! یہ دیکھنے کے لیے آنکھیں بھی کھولنے کی ضرورت نہیں!

موت کا بازار

اس ناول کے بیشتر کردار بھی متموّل طبقے کے افراد ہیں۔ وہ اونچی اونچی باتیں کرتے ہیں۔ اونچی حویلیوں میں رہتے ہیں۔ اونچے معیار کی زندگی بسر کرتے ہیں۔ بہ ظاہر اونچے آدرشوں کی وکالت کرتے ہیں۔ مگر یہ سارا تماشا کھوکھلا ہے۔ یہ زندگی اندر سے کتنی گھناونی ہے اور کتنی تاریک، یہ بات اس کہانی میں شامل کرداروں سے پوچھیے۔

نچلے متوسط طبقے کی ایک لڑکی گناہوں کا بوجھ اٹھانے کے باوجود مقدس دکھائی دیتی ہے۔ آپ اُسے گناہ گار کہنے کی ہمت نہیں کر سکتے ـــــ

پھر گناہ کس کا ہے؟ مجرم کون ہے؟ موت کا بازار کس نے، کن لوگوں نے گرم کر رکھا ہے؟ اور کیوں؟ یہ کہانی ایسے ہی سوالوں کے گرد گھومتی ہے۔

بہ ظاہر یہ ایک جاسوسی کہانی ہے۔ اسرار اور تحیّر آمیز واقعات سے بھری ہوئی ـــــ لیکن موت کے اس بازار کا کاروبار چلانے والوں کے لیے کوئی بھی واقعہ نہ تو انہونا ہے نہ اسرار آمیز ـــــ

اور رازی ـــــ اسے شاید آپ کبھی بھی نہ بھول سکیں گے!

آ ۔ ج

پُراسرار لڑکی

شیلا نرسنگ ہوم ایک دو منزلہ عمارت تھی۔
جس علاقے میں یہ عمارت کھڑی ہوئی تھی یہاں زیادہ تر خوش حال طبقے کے لوگ آباد تھے۔ اسی لیے یہاں بھیڑ بھاڑ کم رہتی تھی۔ صبح سے شام تک سارا ماحول سویا سویا سا نظر آتا۔ اس نرسنگ ہوم میں علاج کے لیے وہی عورتیں آتی تھیں جن کے شوہر یا تو اونچی جگہوں پر ملازم تھے یا کسی بڑے کاروبار کے مالک۔ عام لوگ تو ادھر کا رخ کرتے ہوئے بھی گھبراتے تھے۔ ایک تو علاج مہنگا، دوسرے یہاں کے ناز نخرے بھی ایسے تھے جن کا بار اٹھانا ہر کسی کے بس کی بات نہیں تھی۔
اس وقت دن کے تین بج رہے تھے۔ آسمان صاف تھا۔ سورج کی کرنیں اب ترچھی پڑنے لگی تھیں۔ مگر دھوپ اب بھی چاروں طرف پھیلی ہوئی تھی۔ ہوا کے جھونکے بہت سرد تھے۔ ایسا لگتا تھا کہ رات کڑاکے کی ٹھنڈ پڑے گی۔ محکمۂ موسمیات نے خبر دی تھی کہ پچھلے دنوں سے آس پاس کے پہاڑوں پر زبردست برف باری ہونے کی وجہ سے شام تک کہرا چھائے گا۔
مالتی نرسنگ ہوم کے ریسپشن روم میں کوئی آدھ گھنٹے سے بیٹھی ہوئی

تھی۔ ہوا کے تیز جھونکوں کی وجہ سے اس کے بال بے ترتیب ہو چکے تھے۔ اس کا چہرہ زرد تھا اور وہ خاصی تھکی تھکی سی دکھائی دیتی تھی۔ لگتا تھا بہت دور سے پیدل چل کر آئی ہے۔ لیکن واقعہ کچھ اور تھا۔ مالتی کے لباس کو دیکھ کر یہ اندازہ لگانا مشکل نہیں تھا کہ اس کا تعلق کسی آسودہ حال گھرانے سے نہیں ہے۔ اس کا لباس معمولی تھا مگر اس کی شخصیت میں تمکنت غضب کی تھی۔ عمر یہی کوئی چوبیس او ر پچیس کے لگ بھگ رہی ہوگی مگر وہ خاصی پختہ کار نظر آتی تھی۔ یہ الگ بات ہے کہ اس وقت مالتی کا حال اس جواری کا تھا جو اپنا سب کچھ ہار چکا ہو اور اب داؤ پر لگانے کے لیے کچھ بھی نہ رہ گیا ہو۔ اس کی آنکھوں میں ایک بے نام خوف کی جھلک تھی۔ چہرہ زرد۔ بار بار وہ اپنی انگلیوں سے بالوں کو سنوارتی یا ہونٹوں پر زبان پھیرنے لگتی۔ اس نے اپنی رسٹ واچ پر نظر ڈالی اور اس کے چہرے سے ایک بار پھر اس بے چینی کا اظہار ہوا جو کافی دیر سے اس کے حواس پر چھائی ہوئی تھی۔

ڈاکٹر شیلا ماتھر کی نوجوان نرس شالنی کے دل میں مالتی کے لیے ہمدردی کے شدید جذبات پیدا ہوئے اس نے مالتی کی طرف اس طرح دیکھا جیسے مالتی کوئی چھوٹی سی بچی ہو۔ پھر چمکارنے کے انداز میں بولی۔

"بہت دیر ہو چکی۔ میرا خیال ہے کہ ڈاکٹر شیلا ماتھر اب تم سے نہیں مل سکیں گی!"

"مگر یہ تو پتا چلے کہ وہ ہیں کہاں؟" مالتی نے الجھ کر کہا۔

"یہ جان کر کیا کرو گی؟ مجھے خود بھی نہیں معلوم۔ اپنے ذاتی معاملات سے وہ مجھے بھی بے خبر رکھتی ہیں۔ ہو سکتا ہے کہ جلد آجائیں۔ مگر یہ بھی ہو سکتا ہے کہ تم انتظار کرتی رہو اور شام ہو جائے۔ ایسا اکثر ہوتا ہے۔ وہ خاصی

سوشل خاتون ہیں۔ شہر کی کئی فلاحی اور ثقافتی انجمنوں کی ممبر۔ یہ بھی ممکن ہے کہ کہیں مصروف ہو گئی ہوں۔ ویسے انھیں اپنے مریضوں کا ہمیشہ خیال رہتا ہے۔ ان کے مریضوں کی تعداد کم ہوتی ہے۔ لیکن اگر کسی نے پہلے سے وقت لے لیا ہو تو وہ اس بات کا خیال رکھتی ہیں کہ مقررہ وقت پر نرسنگ ہوم میں موجود رہیں۔ مریضوں کے گھر جا کر انھیں دیکھنا ڈاکٹر شیلا ماتھر کے اصول کے خلاف ہے۔ ہر مریض کو چاہے وہ جتنی بڑی حیثیت کا ہو، ان سے مشورہ یا علاج کے لیے نرسنگ ہوم آنا پڑتا ہے۔ اور یہ تو تم جانتی ہی ہوگی کہ ان کے تمام مریض اس شہر کے مالدار گھرانوں سے آتے ہیں۔"

مالتی نے اکتاہٹ کے ساتھ شالنی کی طرف دیکھا۔ کسی بات کا جواب نہیں دیا۔ جواب دینے کی ضرورت بھی نہیں تھی۔ اس نے یہ سمجھ لیا تھا کہ شالنی خاصی بکی واقع ہوئی ہے۔ خالی خالی نگاہوں سے وہ دیوار پر لٹکے ہوئے کیلنڈر کی طرف دیکھتی رہی اور سوچتی رہی۔ مالتی کی بے چینی ہر لمحہ کے ساتھ بڑھتی جا رہی تھی۔ اسی کے ساتھ ساتھ اس کی بڑی بڑی آنکھوں سے جھانکتے ہوئے خوف میں بھی اضافہ ہوتا جا رہا تھا۔ اچانک اسے کھانسی آگئی۔

شالنی بڑی پھرتیلی اور چاق وچوبند لڑکی تھی۔ مالتی کی حالت دیکھتے ہی دوڑ کر وہ ایک بیکر میں پانی لائی اور شالنی کی پیٹھ سہلانے لگی۔ اس کیفیت پر قابو پانے میں شالنی کو تین منٹ لگے۔

"تم یہاں آئیں کیسے؟" شالنی نے پوچھا۔

"کیا مطلب!" مالتی اچانک گھبرا گئی جیسے کسی بچھو نے ڈنک مار دیا ہو۔"

"میرا مطلب ہے کسی نے تم سے ڈاکٹر شیلا کا ذکر کیا تھا یا—"

آفتاب جلالی

"ذکر کیسا؟"

"میں نے سوچا کہ شاید کسی نے تمھیں ان کا پتا بتایا ہو۔"

"نہیں! میں بغیر کسی حوالے کے یہاں آئی ہوں۔ ان کا پتا مجھے ٹیلی فون ڈائرکٹری میں مل گیا تھا۔ ان کے نام سے میں پہلے ہی واقف تھی"

"ہوں!" شالنی نے دھیرے سے کہا اور ٹٹولنے والی نظروں سے اس کی طرف دیکھنے لگی۔

مالتی اب گھبراہٹ کے عالم میں لگاتار اپنے ہونٹوں پر زبان پھیر رہی تھی۔ اس کا چہرہ اب کسی لاش جیسا بے جان نظر آرہا تھا۔

"ملاقات ضروری ہے! بہت ضروری!"

"اگر تم جانا چاہو تو اپنا نام پتا بتاتی جاؤ۔ اور فون نمبر بھی۔ میں ڈاکٹر شیلا ماتھر سے تمھاری سفارش کردوں گی۔ ہوسکتا ہے وہ یہاں آتے ہی تمھیں بلوالیں یا فون پر تمھیں مشورہ دے دیں۔"

مالتی نے بیگ سے ایک کارڈ نکال کر شالنی کی طرف بڑھادیا شالنی غور سے کارڈ دیکھتی رہی۔ "مالتی گرو ور۔ ۹۱۶ ڈفرن روڈ۔ وہ زیر لب بدبدائی۔ پھر کہا——

"ٹھیک ہے! تم جانا چاہتی ہو تو جاؤ! میں ڈاکٹر صاحبہ کو یہ کارڈ دے دوں گی۔"

"میں دس منٹ اور انتظار کرلوں۔ ہوسکتا ہے وہ آہی جائیں!" مالتی نے دوبارہ بیٹھتے ہوئے کہا۔ اس وقت وہ عجیب کشمکش و پیچ میں مبتلا تھی۔ چہرے سے صاف جھلکتا تھا کہ اس کی قوت فیصلہ جواب دے چکی ہے۔

"بیٹھ جاؤ! جب تک چاہو بیٹھی رہو۔" شالنی نے اسے دلاسا دیا۔ ابھی اس نے کچھ اور کہنے کے لیے ہونٹ کھولے ہی تھے کہ اندر

کسی کمرے میں شیشے کا کوئی برتن ایک چھناکے کے ساتھ ٹوٹنے کی آواز آئی۔

"میں ابھی آتی ہوں!" یہ کہتی ہوئی شالنی تیزی سے اس کمرے کی طرف بڑھی۔ اس کا قیاس صحیح نکلا۔ ڈاکٹر شیلا ماتھر کسی وقت گھر میں اس طرح داخل ہوئی تھی کہ شالنی کو خبر ہی نہ ہو سکی۔ ایک تو اس عمارت کا کمپاؤنڈ بہت بڑا تھا۔ دوسرے یہ کہ رہایشی کمرے نرسنگ ہوم سے خاصے فاصلے پر تھے۔ شالنی نے جس وقت ڈاکٹر شیلا ماتھر کے کمرے میں قدم رکھا وہ آئینے کے سامنے کھڑی ہوئی تھی۔ ایک دراز قامت اور تندرست عورت۔ اس کی عمر ۴۲ کے آس پاس رہی ہوگی، خدو خال دلکش تھے، مگر چہرے سے سختی جھلکتی تھی۔

"کیوں کیا بات ہے؟" شیلا نے اس کی جانب دیکھے بغیر سوال کیا۔

"ایک لڑکی بہت دیر سے آپ کا انتظار کر رہی ہے ڈاکٹر!"

"اس نے پہلے سے وقت لے رکھا ہے؟"

"نہیں!"

"پھر کہہ دو کہ کل آئے!"

"مگر وہ کسی بڑی الجھن کا شکار ہے۔ بہت بیمار دکھائی دیتی ہے۔ نروس بھی!"

"مجھیں پہلے ہی اسے رخصت کر دینا چاہیے تھا!"

"مجھ سے غلطی ہوئی! اس کی حالت دیکھ کر میں کہہ نہ سکی کہ اگلے روز وقت طے کرنے کے بعد آئے!"

"تم تو چاہتی ہو کہ میں اسے دیکھ لوں!" شیلا کا لہجہ اب قدرے، نرم تھا۔

"جی ہاں!"

شیلا اپنے بالوں میں کنگھی کرنے لگی۔ پھر لپ اسٹک درست کی۔ پھر اپنے ناخنوں کی پالش پر ایک نظر ڈالی۔ شالنی کو جھنجھلاہٹ سی محسوس ہوئی۔ کسی مریض کو دیکھنے سے پہلے میک اپ اس طرح درست کرتی ہے جیسے پکنک یا پارٹی میں شریک ہونے کے لیے جارہی ہو!" اس نے دل ہی دل میں کہا۔ اس میں شک نہیں کہ ڈاکٹر شیلا ماتھر اپنے کام میں بہت ہوشیار تھی۔ مگر اپنے لباس اور طور طریقوں کے اعتبار سے وہ ڈاکٹر کم ماڈل گرل زیادہ نظر آتی تھی۔

"اس لڑکی کو اندر بھیج دو!"

"بہت اچھا ڈاکٹر!" شالنی ریسپشن روم کی طرف بڑھ گئی۔ شیلا کے چہرے پر مسکراہٹ پھیل گئی۔ نہ جانے یہ کون سی نفسیاتی مجبوری تھی کہ دوسروں کے سامنے عام طور پر شیلا خود کو سخت گیر ظاہر کرتی تھی شالنی اس کے نرسنگ ہوم میں برسوں سے نرس کے فرائض انجام دے رہی تھی۔ مگر اس نے شاید ہی کبھی شیلا کے چہرے پر نرمی یا مسکراہٹ دیکھی ہو۔ اس کے باوجود وہ شیلا کو پسند کرتی تھی۔ شیلا اپنے مزاج کی سختی کو ایک ڈھال کے طور پر استعمال کرتی تھی۔ شالنی اس بھید کو سمجھتی تھی۔ اسے یہ بھی پتا تھا کہ دوستوں کے حلقے میں شیلا خاصی مقبول ہے۔ لوگ اسے پسند کرتے ہیں عام طور پر شیلا کے ملنے والے یہ رائے رکھتے تھے کہ شیلا جذباتی طور پر ایک سرد عورت ہے۔ اس سے بے تکلف ہونا، آسان نہیں۔ بس ایک راجن کے سوا اور کسی مرد کا نام اس سے وابستہ نہیں کیا گیا۔ اس راز سے بھی وہی گنے چنے افراد واقف تھے جن کا شیلا کے یہاں روز کا آنا جانا تھا۔ مگر اس بات نے نہ تو شیلا کو بدنام ہونے دیا نہ ہی اس کے بارے میں لوگوں کی رائے تبدیل ہوئی۔ شیلا کا تعلق سماج کے جس طبقے سے تھا اس میں جنسی بے راہ روی ایک طرح کا فیشن سمجھی جاتی تھی۔ اس حمام میں سبھی ننگے تھے۔ پھر بھلا کون کس پر انگلی اٹھاتا

آیئنے کے سامنے کھڑی بھی وہ راجن ہی کے بارے میں سوچ رہی تھی۔ اس وقت اگر شالنی نے اصرار نہ کیا ہوتا تو وہ کسی سے بھی ملنے پر آمادہ نہ ہوتی اس کا ارادہ تھا کہ تھوڑی دیر آرام کرے گی پھر راجن کے ساتھ شام گزارے گی۔ مگر [illegible] یہ لڑکی سر پر مسلط ہوگئی۔ دفعتاً شیلا کو ملے جلے قدموں کی آہٹ محسوس ہوئی اور وہ آیئنے کے سامنے سے ہٹ گئی۔ شالنی مالتی کو ساتھ لیے دروازے کے باہر کھڑی تھی۔

"آجاؤ!" شیلا نے سرد لہجے میں کہا۔

مالتی اندر آگئی۔ شالنی باہر دروازے پر کھڑی رہی۔

شیلا نے گہری نظروں سے مالتی کا جائزہ لیا۔ اس کے خدوخال بہت تیکھے تھے۔ لمبے سیاہ بال آنکھوں میں ذہانت کی چمک۔ ہونٹ بھرے بھرے سے وہ اپنے ہونٹوں پر زبان پھیر رہی تھی۔

"معاف کرنا ڈاکٹر! مجھے پیاس بہت لگتی ہے۔ میں روزانہ دس بارہ گلاس پانی پی جاتی ہوں۔ اس کے علاوہ پھلوں کے رس اور کولڈ ڈرنکس کی کئی بوتلیں!"

"یہ تو اچھی عادت ہے۔ خاص طور پر اس لیے بھی کہ تمھاری حالت ---!"

"میری حالت؟" مالتی بیچ ہی میں چیخ پڑی۔

"گھبراؤ نہیں بے وقوف لڑکی! تم ڈاکٹر کے سامنے ہو! جی کھول کر اپنی بات کہہ سکتی ہو۔ میرے سینے میں ان گنت راز دفن ہیں!"

"راز؟" مالتی نے اپنا چہرہ ہاتھوں میں چھپالیا۔

"تمھارا نام کیا ہے؟"

"مالتی گرودر"

شیلا نے ایک بار پھر گہری نظروں سے اس کی طرف دیکھا۔ اس نے شادی کی انگوٹھی پہن رکھی تھی۔ "تم شادی شدہ ہو! پھر یہ ڈر کیوں ہے؟"

"اوہ ! تم تو سمجھ گیئں ڈاکٹر ! تم سچ مچ بہت ہوشیار ہو!"
شیلا نے جواب میں کچھ کہنے کے بجائے مالتی پر سوالیہ نظر ڈالی۔
"اصل میں — اصل میں — میں اس سے — الگ ہو چکی ہوں" اس نے ہکلاتے ہوئے کہا۔

"کب سے ؟"

"کوئی چار مہینے سے — !"

"پھر یہ بچہ کس کا ہے ؟"

"اس کے ایک دوست کا —"

"تم ایک غلط امید لیکر یہاں آئی ہو۔ شاید تمہیں پتا نہیں کریں ناجائز حمل ساقط کرنے کا کاروبار نہیں چلاتی۔ یہ کام چھوٹی موٹی دائیاں کرتی ہیں۔ یا ایسے ڈاکٹر جنھیں دولت کی ہوس ہو — !"

مالتی کا چہرہ تاریک ہو گیا۔

"تمھیں یہاں بھیجا کس نے ؟"

"کسی نے نہیں۔ میں نے آپ کی شہرت سنی تھی۔ آپ کا پتا ٹیلی فون ڈائرکٹری سے ملا۔ میں اس خیال سے آپ کے پاس آئی ہوں کہ آپ بھی عورت ہیں۔ !"

"ٹھیک ہے۔ مگر تم اتنی بزدل کیوں ہو ؟ اپنے بچے کی جان کیوں لینا چاہتی ہو۔ تم ابھی جوان ہو، خوبصورت ہو، بہ ظاہر تم دقیانوسی خیالات رکھنے والی لڑکی نہیں معلوم ہوتیں۔ تم میں کچھ تو ہمت ہونی چاہیے۔ اگر روپے پیسے کی طرف سے پریشانی ہے تو تم ملازمت کر سکتی ہو!"

"مجھے ملازمت مل سکتی ہے ؟"

"ہو سکتا ہے اس میں وقت لگے۔ تم اس آدمی کے خلاف مقدمہ دائر کر دو۔ جب تک کوئی اور صورت پیدا نہیں ہوتی وہی تمھاری

آفتاب جلالی

اور ہونے والے بچے کی کفالت کا ذمہ دار ہوگا۔ بس شرط یہ ہے کہ تم ثابت کر سکو ——— یہ کہ بچہ اسی کا ہے!"

"میں یہ ثابت تو کر سکتی ہوں ——— شاید ——— لیکن اس سے ہم دونوں کی بدنامی!"

"کیا مطلب؟"

"وہ آدمی شادی شدہ ہے۔ میرے شوہر سے اس کی دوستی تھی۔ اُسے پتا تھا کہ شوہر سے میرے تعلقات کشیدہ ہیں۔ بس میں اس کے بہلاوے میں آگئی۔"

"اس کی عمر تم سے زیادہ ہے۔"

"ہاں بہت زیادہ"

"کیا عمر ہے اس کی؟"

"چالیس سال ہو سکتا ہے اس بھی زیادہ ہو! وہ بہت چرب زبان واقع ہوا ہے۔ اور عورتوں کی کمزوری سے فائدہ اٹھانا جانتا ہے۔ چند ہی ملاقاتوں میں وہ مجھ سے بے تکلف ہوگیا۔ اس کی باتیں بہت دلچسپ ہوتی تھیں۔"

"تم اتنا بھی نہیں سمجھتیں کہ اچھی باتیں بُرائی کا سب سے بڑا پردہ ہوتی ہیں۔ لوگوں کی بات میں اتنی آسانی سے نہیں آنا چاہیے خاص طور پر وہ لوگ جو چرب زبان ہوتے ہیں ———"

شیلا اب تک مالتی کی طرف دیکھے جا رہی تھی۔

مالتی گرودور اچانک پھوٹ پھوٹ کر رونے لگی۔

"اب میں کیا کروں؟ کیا کروں ڈاکٹر؟ پلیز میری مدد کرو!"

"مجھے افسوس ہے ——— میں تمھارے لیے وہ کچھ نہیں کر سکتی جو تم چاہتی ہو!" شیلا نے سنجیدگی سے جواب دیا۔

مالتی کی آنکھوں میں خوف اتر آیا۔ چیخ کر بولی۔ "میں نے سوچا تھا کہ تم بھی ایک عورت ہو! ایک عورت — جو دوسری عورت کے دل کا درد سمجھتی ہے مگر — مگر تم پتھر ہو!"

"مجھے افسوس ہے مالتی —" شیلا کی آواز اس بار دھیمی تھی۔

"تمھارا افسوس میری الجھن کا علاج تو نہیں بن سکتا — تم دیکھ رہی ہو میری حالت! میرے پاس دولت نہیں، ملازمت نہیں، شوہر سے علاحدگی ہو چکی ہے میری کوکھ میں طوفان پل رہا ہے — ایک جوالا مکھی۔ یہ آگ مجھے اندر ہی اندر کھائے جا رہی ہے۔ اف! میں — میں خودکشی کر لوں گی!"

"تم بہت بزدل لڑکی ہو۔ میری بات تم سمجھتیں کیوں نہیں؟ ... حالات کا مقابلہ کرنے کے لیے خود کو تیار کیوں نہیں کرتیں؟ تم —"

ابھی شیلا کچھ اور کہنا چاہتی تھی کہ شالنی اچانک اندر آگئی۔

"آپ نے مجھے بلایا تھا ڈاکٹر!"

"نہیں! تمھارے کان بج رہے ہوں گے۔ اب کوئی کام نہیں۔ تم چاہو تو گھر جا سکتی ہو!" شیلا نے سرد مہری کے لہجے میں کہا۔ وہ اچھی طرح یہ جانتی تھی کہ شالنی کو اِدھر اُدھر کی باتوں میں بہت مزا آتا ہے۔ یقیناً وہ دروازے سے کان لگائے ساری باتیں سن رہی ہو گی۔

"تو میں جاتی ہوں ڈاکٹر! شب بخیر!" شالنی نے کہا۔

"شب بخیر!"

شالنی بڑی بے دلی کے ساتھ رخصت ہو گئی۔

دروازہ بند ہو گیا۔

مالتی کا چہرہ سفید پڑ چکا تھا۔ گھبرائے ہوئے لہجے میں بولی۔ "ڈاکٹر! اس لڑکی نے ہماری باتیں سن نہ لی ہوں۔ اب وہ ہر ایک سے جا کر کہے

گی!"

"نہیں! وہ کسی سے کچھ نہیں کہے گی ــ سوائے اپنی بلّی کے!"

"بلّی!"

"ہاں بلّی! اس کی پالتو بلّی۔ فرصت کے اوقات میں وہ اسی سے باتیں کرتی رہتی ہے۔ شالنی بہت اچھی لڑکی ہے۔ بس ذرا بکّی ہے۔ دوسروں کی باتیں بھی سنتی ہے۔ اپنی زبان بھی چلاتی رہتی ہے۔ لیکن تم اس پر بھروسا کر سکتی ہو! ویسے تمھاری حالت اب بہتر معلوم ہوتی ہے!"

"ہو سکتا ہے!" مالتی کا سانس تیز تیز چل رہا تھا۔

"اچھی لڑکی! تمھیں یہ تو پتا ہوگا ہی کہ ایسے آپریشن غیر قانونی ہوتے ہیں!"

"پتا ہے!"

"پھر ان میں جان بھی جا سکتی ہے!"

"یہ بھی پتا ہے ــ!"

"اس کے باوجود تم ضد کر رہی ہو!"

"اس لیے کہ مرنا تو اس کے بعد بھی پڑے گا۔"

"تمھارا حمل کتنے مہینوں کا ہے۔"

"چار ماہ کا!"

"اوہ! اب تو بچّے کے خد و خال بھی نمایاں ہو گئے ہوں گے!"

"مجھے اس کی فکر نہیں!"

"اچھا یہ بتاؤ ــ اگر تمھارا شوہر اب بھی تمھیں اپنے ساتھ رکھنے پر آمادہ ہو تو!"

"وہ تیار ہے! ہوگا کیسے نہیں؟"

"کیوں"

وہ ایک نکھٹّو شخص ہے۔ دن رات گھر میں پڑا رہتا ہے۔ آمدنی

کا کوئی مستقل ذریعہ نہیں۔ مجھ سے علاحدگی کے بعد کھانے کو ترس گیا ہوگا۔"
"کچھ بھی ہو! ہے تو وہ تمھارا شوہر!"
"اوہ!" مالتی طنزیہ لہجے میں بولی ـــ "تم ابھی مجھ پر دقیانوسی ہونے کا الزام لگا رہی تھیں۔ اب مجھے پتی ورتا بننے کا سبق دے رہی ہو ـــ میں بلاوجہ تمھارے پاس آئی۔ اپنا وقت بھی برباد کیا، تمھارا بھی!"
شبلا کے چہرے پر ناگواری پھیل گئی ـــ "میں تمھارے لیے کچھ نہیں کر سکتی!"
"کیونکہ تم مجھ سے زیادہ بزدل ہو!" شالنی کی آنکھیں چھلک آئیں۔
"مجھے سچ مچ بہت افسوس ہے ننھی لڑکی! مجھے بے حد افسوس ہے!"
"افسوس!" شالنی شعلہ بار نظروں سے اس کی طرف دیکھتے ہوئے بولی ـــ اگر تمھارا سابقہ کبھی ایسے حالات سے پڑا ہوتا تو تمھیں معلوم ہوتا کہ خالی خولی افسوس کہاں تک کام آسکتا ہے ـــ!"
"تمھارے ٹھہرنے، میرا مطلب ہے رہنے سہنے کے لیے معقول انتظام ہے؟"
"ہاں! میرا ایک سوتیلا چچا ہے۔ میں اس کے پاس کچھ دنوں تک رہ سکتی ہوں۔ اس نے اجازت دے دی ہے ـــ اس وقت تک کے لیے جب تک کہ حالات ـــ"
"حالات؟"
ہاں! اس کا خیال ہے کہ مجھے اس آدمی سے روپے حاصل کرنے چاہییں۔ وہ ـــ جو میرے اس حال کا ذمہ دار ہے! اس بچے کا باپ!
"تم نے کوئی کوشش کی؟"
"میں نے اس سے ملنا چاہا ـــ نہیں مل سکی تو وہ کہیں باہر گیا ہوا ہے۔"
"کب تک واپس آئے گا؟"

آفتاب جلالی

"شاید آج رات!"

"اسے پتا ہے کہ تم حاملہ ہو؟"

"نہیں!"

"کیا وہ آسانی کے ساتھ اس بات کا اعتراف کرلے گا کہ بچہ اسی کا ہے!"

مالتی کی آنکھوں میں کسی معصوم بچے جیسی حیرت جاگ اٹھی ــــــ "بچا کہتے ہیں کہ وہ آدمی بہت مالدار ہے۔ میں اسے بلیک میل کرسکتی ہوں۔"

اس کے بعد خاموشی چھاگئی۔ شیلا بھی کسی سوچ میں گم تھی۔ ذرا دیر بعد شالنی نے پھر کہا ــــ "مگر میں اسے بلیک میل کرنا نہیں چاہتی اس گناہ میں برابر کی ذمہ دار میں بھی ہوں۔ مجھے دولت مند بننے کی کوئی خواہش نہیں ہے۔ میرے والد ایک معمولی آدمی تھے میں بھی اپنی زندگی ایک معمولی لڑکی کی طرح گزارنا چاہتی ہوں۔ بس بدنامی سے ڈرتی ہوں۔ اس ڈر سے چھٹکارا مل جائے تو میں اپنے نکھٹو شوہر کمار کے ساتھ بھی کسی نہ کسی طرح بسر کرلوں گی!"

"عجیب لڑکی ہے!" شیلا نے دل میں سوچا۔ پتا نہیں سچ مچ اتنی بھولی بھالی ہے یا ضرورت سے زیادہ چالاک بننے کی کوشش کررہی ہے۔ شیلا کے تجربے میں مالتی جیسی لڑکی اب سے پہلے کبھی نہیں آئی تھی۔ کئی بار ایسا ہوا کہ متموّل گھرانوں کی بعض لڑکیاں اسی غرض سے اس کے پاس آئیں۔ اور اس نے انھیں کسی نہ کسی بہانے واپس بھیج دیا۔ مگر مالتی ان سب سے بہت مختلف تھی۔ گناہ گار لیکن معصوم تیز طرار مگر سادہ لوح!

"کاش میں تمہاری مدد کرسکتی!" شیلا نے نرمی سے کہا۔

شالنی کا چہرہ تاریک ہوگیا۔ اتنے میں فون کی گھنٹی بجی ــــــ

شیلا دوسرے کمرے کی طرف بھاگی۔
"یس! شیلا اسپیکنگ!"
"میں راجن ہوں!" فون پر آواز آئی۔
"گھر آجاؤ! میں دیر سے تمھاری منتظر ہوں!"
شیلا واپس آئی تو شالنی جا چکی تھی ـــــ

○

"اس وقت تم بہت خوش دکھائی دے رہی ہو!" راجن نے شیلا کے بالوں میں انگلیاں پھیرتے ہوئے کہا۔

"کیا سچ مچ؟" شیلا شوخ لہجے میں بولی۔

راجن ابھی پندرہ منٹ پہلے وہاں پہنچا تھا۔ اس نے بتایا کہ اچانک کسی ضروری کام سے اسے باہر جانا پڑا۔ سفر سے لوٹنے کے بعد ہی اس نے شیلا کو فون کیا تھا اور اب سیدھا اس کے پاس آ پہنچا تھا۔ اس کے چہرے پر تھکن کے آثار تھے۔ پھر بھی اپنے مضبوط جثے کے سبب وہ اسمارٹ نظر آرہا تھا۔ اس نے ایک قیمتی سوٹ پہن رکھا تھا عمر تقریباً چالیس برس، قد اونچا۔ شیلا تحسین آمیز نظروں سے اس کی طرف دیکھتی رہی۔

"راجن!"

"ہاں شیلا!"

"تمھارا سفر کیسا رہا؟"

جیسا تمھارے بغیر ہونا چاہیے ـــــ بے کیف اور اُداس!"

دونوں خاموش نگاہوں سے ایک دوسرے کو دیکھتے رہے۔ پھر راجن خوابناک لہجے میں بولا ـــــ تمھارے بال بہت خوبصورت ہیں

ملائم اور گھنے!"

"صرف میرے بال خوبصورت ہیں؟" شیلا نے طنزیہ لہجے میں کہا۔

"میں تم سے سچ مچ پیار کرتا ہوں شیلا!"

"شکریہ ادا کروں! کہو تو لکھ کر دے دوں!" شیلا کا لہجہ بدستور طنزیہ تھا۔

راجن نے چونک کر شیلا کی طرف دیکھا۔ آج وہ کتنی بدلی بدلی سی تھی۔

"آخر بات کیا ہے؟ تم مجھ سے بدگمان تو نہیں ہوگئیں!" راجن نے کہا

"نہیں راجن!" شیلا کھڑکی سے باہر کھلے آسمان کی طرف دیکھتے ہوئے پُر خیال لہجے میں بولی۔ "وہ لڑکی ٹھیک ہی کہتی تھی۔ میرا سابقہ ابھی ان حالات سے نہیں پڑا۔"

"کون لڑکی؟ کیسے حالات؟"

شیلا چپ رہی ــــ

"تم بولتیں کیوں نہیں؟"

"جانے کیوں دل اندر ہی اندر بیٹھا جا رہا ہے۔ بہتر ہوگا کہ تم اس وقت مجھے تنہا چھوڑ دو۔ میری طبیعت ٹھیک نہیں ہے۔ جاؤ، گھر جاؤ اپنی بیوی کے پاس!"

"تم تو مجھے اس طرح حکم دے رہی ہو جیسے میں ننھا سا بچہ ہوں!"

"مجھے غلط نہ سمجھو راجن! میں سچ مچ اس وقت ٹھیک نہیں ہوں۔ میں چاہتی ہوں کہ تم گھر جاؤ!"

راجن جھلا گیا ــــ

"آخر یہ تماشا کیا ہے؟ کہاں تم تو میری منتظر تھیں۔ اور اب میں آیا ہوں تو کہتی ہو کر واپس جاؤں! میں کچھ سمجھ نہیں پا رہا ہوں۔"

"تم نہیں سمجھ سکو گے راجن — وہ لڑکی — وہ!"
"یہ کس بیوقوف کا ذکر ہے۔"
"وہ سچ مچ بیوقوف ہے۔ بیوقوف نہ ہوتی تو —"
راجن نے اٹھ کر شیلا کے شانے جھنجھوڑ ڈالے۔ اس کی حالت اس وقت پاگلوں جیسی ہو رہی تھی — وہ چیخنے لگا۔
"شیلا — کہو کہ تم مجھ سے محبّت کرتی ہو!"
شیلا بے حس سی بیٹھی رہی۔
"تم بولتیں کیوں نہیں — بولو — جواب دو!"
"ہاں ہاں! کرتی ہوں!"
"پھر یہ تماشا کیا ہے؟"
"اوہ — خدا کے لیے — راجن آج میں بہت پریشان ہوں"
"پریشان ایک لڑکی کے لیے!"
"ہاں! شاید!"
"مگر کیوں؟"
"وہ مصیبت زدہ تھی۔ میں نے اس کی مدد کرنے سے انکار کر دیا۔"
"تو اس میں کون سی قیامت آگئی؟ ایسے مصیبت زدہ ہر سڑک پر مارے مارے پھرتے ہیں۔ تم نے سب کا ٹھیکہ تو نہیں لیا ہے!"
"لیکن وہ لڑکی دوسری لڑکیوں سے بہت مختلف تھی — بہت الگ۔ اس نے کہا تھا — اگر میں بھی انہی حالات سے دو چار، ہوتی — اگر!"
"اُفوہ شیلا! تم حواس کھو بیٹھی ہو!"
"جاؤ راجن! چلے جاؤ!" شیلا ہانپ رہی تھی۔
"ٹھیک ہے — میں جاتا ہوں!"

راجن پیر پٹختا ہوا باہر نکل گیا۔

شیلا سوچ رہی تھی — راجن گھر پہنچ کر اپنی بیوی سے باتیں کر رہا ہوگا۔ شالنی اپنی بلّی سے باتیں کر رہی ہوگی۔ اور میں — کتنی تنہا اور اُداس ہوں — وہ لڑکی — مالتی گروور — ۹۱۶ ڈفرن روڈ —

شیلا نے لباس بھی تبدیل کرنے کی ضرورت محسوس نہیں کی۔ وہ بڑی تیزی کے ساتھ گیریج کی طرف بھاگ رہی تھی — باہر سڑک پر قمقمے روشن ہو چکے تھے۔

گناہ کا گھر

ڈفرن روڈ پر شام کے سایے طویل ہو چکے تھے۔ دو رویہ گل مہر کی قطاریں تھیں۔ تھوڑی ہی دور پر تھم تھم کر بہتا ہوا دریا۔ دریا کے کنارے کچھ شکاری۔ کچھ موٹر بوٹس لنگرانداز تھے۔ سڑک کے ایک سرے پر پرانی وضع کا ایک ہوٹل تھا۔ جس کی تمام کھڑکیاں دریا کی طرف نکلتی تھیں۔ اس ہوٹل میں ایک بار بھی تھا۔ اس لیے شام ہوتے ہی تفریح پسند اور اوباش طبع لوگوں کی ٹولیاں ادھر کا رُخ کرتی تھیں۔ بعض لوگوں کا خیال تھا کہ اس ہوٹل میں کھانے پینے اور قیام کے علاوہ عیش کے اور بھی سامان فراہم کیے جاتے تھے۔ جوے کا بازار بھی گرم رہتا تھا۔ شاید اسی لیے یہ ہوٹل اس حیثیت کے دوسرے ہوٹلوں کے مقابلے میں بہت مہنگا تھا۔ ایک رات کے لیے کمرہ کا کرایہ ڈیڑھ سو روپے۔

یہ سڑک شہر کے بارونق حصّوں سے ہوتی ہوئی یہاں تک پہنچی تھی۔ صبح سے شام تک اس پر سواریوں کی چہل پہل رہتی، دن اور رات کے کسی بھی لمحے میں یہ سڑک سنسان نظر نہیں آتی تھی۔ شام ہوتے ہی جب سڑک کے دونوں طرف ٹیوب لائٹس روشن ہو جاتیں تو اس کی

چہل پہل میں اور اضافہ ہو جاتا تھا۔ سفید دودھیا روشنی کا عکس دریا کے پانی پر لرزتا ہوا بھی دیکھا جا سکتا تھا۔

شیلا اس پورے ماحول سے بہت اچھی طرح واقف تھی۔ ڈفرن روڈ پر دریا سے کوئی ہزار گز دور اس کے دو مستقل مریض بھی رہتے تھے۔ ان مریضوں کو دیکھنے کے لیے وہ جب بھی اس علاقے کا رخ کرتی، دس یا پانچ منٹ کے لیے دریا کی طرف ضرور آتی تھی۔ ایک آدھ بار اس نے دریا کے قریب واقع ہوٹل میں کافی بھی پی تھی۔

اس وقت شیلا کی منزل ایک سہ منزلہ عمارت تھی، پرانے وقتوں کی یادگار اس عمارت کی چھتیں بہت اونچی تھیں۔ اسی مناسبت سے دروازے اور کھڑکیاں بھی بہت بڑے بڑے۔ شاید کئی خاندان اس عمارت میں آباد تھے کیونکہ اس وقت تینوں منزلوں کی کئی کھڑکیوں کے شیشوں سے روشنی جھانک رہی تھی۔

عمارت کے گیٹ پر شیلا نے آہستہ سے اپنی گاڑی روکی اور دروازہ کھول کر باہر نکل آئی۔ سامنے ادھیڑ عمر کا ایک اینگلو انڈین کھڑا ہوا تھا۔ چگی ڈاڑھی، سر پر لمبے لمبے بال جو آدھے سے زیادہ سفید تھے۔

شیلا نے اسے دیکھ کر بے تکلف انداز میں کہا۔ "شام بخیر!"

اینگلو انڈین نے اپنے ہاتھ ہوا میں لہرائے سیٹی بجانے کے انداز میں اپنے ہونٹ گول کیے۔ پھر چونک کر پوچھا ــــ

"کیا بات ہے؟"

"کوئی بات نہیں! میں نے کہا تھا شام بخیر!" شیلا بولی

اینگلو انڈین شاید بہرا تھا۔ یا تو اس نے شیلا کی بات سنی نہیں یا پھر وہ اپنے ہوش میں نہیں تھا۔ ہو سکتا ہے اس نے خوب چڑھا رکھی ہو۔ آنکھیں پتا نہیں نشے کی وجہ سے سرخ تھیں یا ان کا رنگ ہی ویسا

تھا۔ اس نے بڑبڑاتے ہوئے کہا۔

"شام! ہاں یہ شام بہت سرد اور بورنگ ہے — موسم بدل جائے تو بہتر ہے!"

"کیا آپ مجھے بتا سکتے ہیں کہ مسز مالتی گرووراس وقت اپنے فلیٹ میں موجود ہیں یا نہیں!"

اینگلو انڈین ایک دو منٹ چپ رہا۔ پھر بڑی بے دلی سے جواب دیا۔

"مادام مجھے کیا پڑی ہے کہ دوسروں کی ٹوہ میں رہوں۔ میں کسی سے کوئی مطلب نہیں رکھتا۔ اپنی دھن میں رہتا ہوں۔ نہ کسی سے لڑائی نہ کسی سے دوستی!"

شیلا سمجھ گئی کہ اینگلو انڈین سنکی ہے۔ وہ بڑی ڈھٹائی کے ساتھ شیلا کے سلیولیس بلاوز پر نظریں جمائے ہوئے تھا۔ شیلا کو جھنجھلاہٹ سی ہونے لگی۔ وہ مزید کچھ کہے بغیر آگے بڑھ گئی۔ ایک فلیٹ کے سامنے پہنچ کر کال بیل کا بٹن دبایا۔ اندر کوئی بینجو بجا رہا تھا۔

اینگلو انڈین اپنی جھگی ڈاڑھی کھجاتا ہوا اس کے قریب آیا اور اس بار ذرا سنبھلے ہوئے لہجے میں کہا۔

"یہ سوئچ خراب ہے!"

شیلا سوئچ کو دھیرے دھیرے گھماتی رہی۔ پھر دوبارہ بٹن دبایا گھنٹی شاید بج گئی تھی کیونکہ اندر سے آتی ہوئی بینجو کی آواز بند ہو گئی تھی۔ پھر پاس آتے ہوئے قدموں کی چاپ سنائی دی۔

دروازہ کھلتے ہی میانہ قد کے ایک شخص نے سر نکال کر باہر جھانکا۔ اس کی عمر پچاس سے کچھ اوپر ہی رہی ہوگی۔ سر پر اس نے سرخ رنگ کی ایک ٹوپی چڑھا رکھی تھی۔ کان بہت لمبے تھے۔ رنگ زرد، ناک اور

ٹھڈی ایک دم نکیلی نہ جانے کیوں اسے دیکھتے ہی شیلا کو ہریل توتے کا خیال آیا مگر اس کی آنکھوں میں چمک کس غضب کی تھی۔ شیلا کی طرف اس نے گھور کر دیکھا تو اسے جھرجھری سی آگئی۔

" کیا بات ہے ؟ کس سے ملنا ہے ؟" اس نے کھرکھراتی ہوئی آواز میں سوال کیا۔

" میں مسز مالتی گرو ور سے ملنا چاہتی ہوں !"

" ٹھیک ہے، ٹھیک ہے، مگر آپ کا نام ؟"

" ڈاکٹر شیلا ماتھر !"

" اوہ تو آپ ڈاکٹر ہیں ؟" جانوروں کا علاج کرتی ہیں یا انسانوں کا !"

پتا نہیں وہ شیلا کو چڑا رہا تھا یا اینگلو انڈین ہی کی طرح جھکی واقع ہوا تھا۔"عجیب لوگوں سے پالا پڑا ہے" شیلا نے دل میں سوچا پھر کہا۔

" مسز گرو ور گھر میں ہیں یا نہیں !"

" اوہ مالتی ——! آپ اندر تو آیے۔ میں دیکھتا ہوں !"

قدرے ہچکچاہٹ کے ساتھ شیلا کمرے میں داخل ہوئی۔ توتے جیسی ناک والے اجنبی نے کمرے کا دروازہ اندر سے بند کر دیا۔ شیلا کا جی ڈوبنے لگا۔ مگر اپنی گھبراہٹ کا اظہار اس نے مناسب نہیں سمجھا۔ اجنبی اسے ایک کرسی پر بیٹھا کر اندر چلا گیا۔

کمرے میں سیلن کی بو پھیلی ہوئی تھی۔

چند لمحوں کے بعد اجنبی واپس آیا تھا ۔ اور شیلا کی طرف غور سے دیکھتے ہوئے پوچھا ——

" آپ مالتی سے کیوں ملنا چاہتی ہیں ؟"

شیلا کو غصہ آگیا۔ اس وقت تک وہ اپنی گھبراہٹ پر قابو پا چکی

تھی۔ یوں بھی اس کے پرس میں اعشاریہ دو پانچ کا ننھا سا ریوالور رکھا ہوا تھا۔ اس نے ایک بار ٹٹول کر دیکھا۔

"میں نے پوچھا تھا کہ آپ مالتی سے کس لیے ملنا چاہتی ہیں؟"

"یہ میرا ذاتی معاملہ ہے—!"

مگر یہ میرا بھی ذاتی معاملہ ہے۔ میں مالتی کا چچا ہوں—اشوک گرودر! اگر آپ مالتی کی دوست ہیں تو اس نے یقیناً میرے بارے میں آپ کو بتایا ہوگا۔

"اچھا تو آپ ہی مالتی کے چچا ہیں!"

"جی ہاں! اور میں اسے اپنی جان سے زیادہ چاہتا ہوں۔ مالتی نے آپ کو بتایا ہوگا۔"

شیلا کی طبیعت بُری طرح الجھنے لگی۔ توتے جیسی ناک والا اجنبی پھر بولا—

مالتی نے آپ کو بتایا ہوگا کہ ان دنوں وہ بہت پریشان ہے۔ بے وقوف لڑکی—لیکن اگر کسی نے اسے نقصان پہنچانے کی کوشش کی تو میں اس کی ٹانگیں توڑ دوں گا۔ بوڑھی ہڈیوں میں ابھی بہت جان ہے۔ میں دو جنگوں کے محاذ پر لڑ چکا ہوں! مالتی نے آپ کو بتایا ہوگا۔"

"مالتی نے آپ کو بتایا ہوگا—مالتی نے آپ کو بتایا ہوگا—"

اس جملے کی تکرار نے شیلا کا موڈ خراب کر دیا تھا۔ وہ اپنی گھڑی کی طرف دیکھتے ہوئے بولی—

"میں ذرا جلدی میں ہوں مسٹر گرودر!"

"اوہ آپ جلدی میں ہیں—ٹھیک ہے۔ مجھے خیال نہیں رہا۔ ویسے میں بھی بہت مصروف آدمی ہوں۔"

"مالتی نے آپ کو بتایا ہوگا!" اب کے یہ جملہ شیلا نے ادا کیا اور توتے جیسے ناک والے اجنبی نے ایسی نظروں سے اس کی طرف دیکھا جیسے اسے کھا جائے گا۔ پھر سادگی سے بولا۔

"مالتی اس وقت گھر میں نہیں ہے۔ ممکن ہے پکچر دیکھنے چلی گئی ہو، آج کل شعلے چل رہی ہے۔ آپ نے یہ فلم دیکھی ہے؟"

شیلا نے جواب نہیں دیا۔ چپ چاپ اٹھ کھڑی ہوئی۔ دروازے سے باہر آکر بس یہ کہا۔

"آپ مالتی کو بتا دیجیے گا کہ میں آئی تھی۔ ہو سکے تو وہ مجھ سے آج رات ہی فون پر رابطہ قائم کرے۔ سمجھے آپ!"

"جی ہاں! سمجھ گیا مادام۔ مگر آپ یہ بتا دیں کہ کام کیا ہے تو شاید میں ہی آپ کی کچھ مدد کر سکوں!"

"شکریہ! مجھے کسی کی مدد نہیں چاہیے۔" شیلا خشک لہجے میں بولی۔ پھر "شب بخیر" کہتی ہوئی آگے بڑھ گئی۔ توتے جیسے ناک والے اجنبی نے دروازہ دھڑ سے بند کر لیا۔ شاید اپنا غصہ شیلا کے بجائے دروازے پر اتار رہا تھا۔ شیلا اس کے ساتھ خاصی رکھائی سے پیش آئی تھی۔

اب اسے اپنے آپ پر غصہ آنے لگا۔ خواہ مخواہ ایک اجنبی لڑکی کے لیے پریشان ہو رہی ہے۔ آخر اُسے اس قصہ سے کیا لینا دینا۔ مگر شیلا کی زندگی کیسی بھی رہی ہو وہ طبیعت کی بری نہیں تھی۔ اسے سچ مچ یہ احساس پریشان کر رہا تھا کہ اس نے مالتی کی مدد کرنے سے صاف انکار کر دیا تھا۔

دھیرے دھیرے وہ اپنی کار کی طرف بڑھی۔ اینگلو انڈین سڑک کے کنارے کھڑا شاید آئس کریم کھا رہا تھا۔ جیسے ہی اس نے شیلا کو واپس آتے ہوئے دیکھا، بجلی کی سی تیزی کے ساتھ اس کی

طرف بڑھا۔ پھر بڑے رازدارانہ انداز میں سرگوشی کی ـــــ
"یہ آپ کس چکر میں ہیں ؟ اشوک گرو ور اچھا آدمی نہیں ہے !
میں برسوں سے اُسے جانتا ہوں!"
"کیا واقعی وہ بُرا آدمی ہے ؟"
"ہاں ! تم شاید ڈاکٹر ہو ! تمھاری کار پر کراس کا نشان بنا ہوا ہے!"
اینگلو انڈین اب آپ سے تم پر اتر آیا تھا۔
"ہاں میں ڈاکٹر ہوں ـــ !" شیلا نرمی سے بولی۔
"لیکن اشوک گرو ور کو کسی ڈاکٹر کی ضرورت نہیں۔ اس کا علاج کوئی نہیں کر سکتا۔ اس نے اس عمارت کو جرائم کا اڈہ بنا رکھا ہے۔ اس کے پاس صرف بُرے لوگ آتے ہیں!"
شیلا نے آگے بڑھ کر کار کا دروازہ کھولا۔
"ذرا ایک منٹ!" اینگلو انڈین لپک کر اس کے قریب آیا۔
"میں تھوڑی دور تمھارے ساتھ چل سکتا ہوں؟"
"کیوں ؟ کس لیے ؟" شیلا غرائی۔
"ارے مجھے کسی خاص جگہ نہیں جانا۔ تم جہاں چاہنا مجھے اتار دینا بس ذرا کار پر بیٹھنے کا جی چاہ رہا تھا ـــــ"
"یہ تو کوئی بات نہیں ہوئی!"
"نہیں نہیں ـــ ایسا نہیں ہے۔ تم اگر چاہو تو میں مالتی گرو ور اور اشوک گرو ور کے بارے میں بہت کچھ بتا سکتا ہوں۔ مگر ان دونوں کو اس کی بھنک نہ لگے۔ میں امن پسند شہری ہوں۔ دوسرے کے معاملات سے ہمیشہ لاتعلق رہتا ہوں ـــــ"
شیلا نے کار کا دروازہ کھول دیا۔ اینگلو انڈین اس کے پاس والی سیٹ پر بیٹھ کر بچی ہوئی آئس کریم کھانے لگا۔

"اب ٹھیک ہے ــــ آگے چلو ــــ میں تمھیں بہت کچھ بتا سکتا ہوں۔ مگر یہاں نہیں، ہو سکتا ہے گرو ور ہماری باتیں سن لے۔ اس وقت وہ دروازے سے کان لگائے کھڑا ہوگا۔ کمینہ ــــ اسے پتا ہے کہ میں اس کے بارے میں سب کچھ جانتا ہوں۔ اسی لیے وہ مجھ سے نفرت کرتا ہے میں بھی اس سے نفرت کرتا ہوں۔ ہم دونوں ایک دوسرے سے نفرت کرتے ہیں۔"

شیلا نے انجن اسٹارٹ کیا گاڑی سڑک پر رینگنے لگی۔

"میں کارمن ہوں! ہندستان آزاد ہونے سے پہلے میں خاصی باعزت زندگی بسر کرتا تھا۔ اس کے بعد حالات خراب ہو گئے۔ تمھارا نام؟"

"شیلا ماتھر!"

"اوہ ہاں ہاں! میں نے پہلے بھی سنا تھا ــــ"

"کیا سنا تھا، کس سے سنا تھا؟" شیلا نے چونک کر پوچھا۔

اس وقت جب تم گرو ور سے باتیں کر رہی تھیں۔ میں اس لفنگے پر ہمیشہ نظر رکھتا ہوں۔ میں اس کے فلیٹ سے باہر آتی ہوئی تم دونوں کی بات چیت سن رہا تھا۔ تم نے اپنا نام بتایا تھا نا! ڈاکٹر شیلا ماتھر ــــ کیوں؟

شیلا سوچنے لگی ــــ اس شخص کا دماغ اچھی طرح چل چکا ہے۔ اب اُسے کارمن کے قرب سے بھی الجھن ہو رہی تھی۔ اور یہ الجھن اس کی آنکھوں میں صاف پڑھی جا سکتی تھی۔ وہ ایک دم خاموش، سڑک پر نظریں جمائے ڈرائیو کرتی رہی۔

"اگر تمھیں کچھ پوچھنا نہیں تو تم مجھے جہاں چاہو اتار دو!"

شیلا نے ایکبارگی بریک لگائے۔ گاڑی ایک دھچکے کے ساتھ رک گئی۔

"مالتی اس وقت کہاں ہے؟" شیلا نے تیز آواز میں پوچھا۔

"میں کیا جانوں!" کارمن معصومیت سے بولا ـــ "مگر اس لفنگے گرودور کو ضرور پتا رہا ہوگا۔ اس نے جان بوجھ کر تم سے یہ بات چھپائی ہے۔ مجھے خوب یاد ہے۔ دو گھنٹے پہلے وہ ٹیکسی پر اسے کہیں لیے جا رہا تھا۔ ساتھ میں کوئی نیا گاہک بھی تھا!"

"گاہک؟"

"ہاں گاہک!" کارمن نے معنی خیز نظروں سے اس کی طرف دیکھتے ہوئے جواب دیا۔

شیلا کے چہرے پر حیرت کے آثار نمودار ہوئے۔

"تو وہ اسے کہیں لے گئے؟"

"ہاں!"

"مالتی کے پاس کوئی سوٹ کیس بھی تھا؟"

نہیں! مگر وہ تینوں گئے تو ساتھ تھے، واپس آئے تو مالتی غائب تھی۔ صرف گرودور اور وہ گاہک دکھائی دیے۔ انھوں نے شراب کی بوتلیں سنبھال رکھی تھیں۔ میں اس وقت سڑک کے کنارے موجود تھا۔ اس لفنگے نے مجھے ایک پیگ کی بھی دعوت نہیں دی۔ وہ سمجھتا ہے کہ میں کوئی بھیک منگا ہوں! آزادی نے مجھے کہیں کا نہیں رکھا۔ ـــ یہ دیسی لوگ ـــ!"

کارمن بڑبڑاتا رہا۔ شیلا برا سا منہ بنا کر رہ گئی۔

"کہیں ایسا تو نہیں کہ اب مالتی کبھی بھی واپس نہ آئے!" شیلا نے کچھ رک کر پوچھا۔

"کیوں؟ واپس کیوں نہیں آئے گی؟ ضرور واپس آئے گی!"

"اچھا، خیر، اگر واپس آئے اور تمھاری ملاقات ہو تو کہہ دینا کہ

میں آئی تھی۔ میں اس کے چچا سے بھی کہہ آئی ہوں۔ ہو سکتا ہے کہ اُسے خیال نہ رہے!"

"گرو ور بھلکڑ آدمی نہیں ہے۔ اسے خوب یاد رہے گا۔ لیکن وہ لاکھ برس مالتی کو نہیں بتائے گا۔ لکھ لو کہیں کا۔ وہ ہرگز ہرگز یہ پسند نہیں کرتا کہ اچھے لوگوں سے مالتی کا ملنا جلنا ہو۔ یہ مت سمجھنا کہ گرو ور کے سلسلے میں میں مبالغے سے کام لے رہا ہوں۔ وہ ہے ہی ذلیل اور گھٹیا آدمی۔ اسے تو جیل میں ہونا چاہیے تھا۔ بہت چالاک ہے اس لیے قانون کے شکنجے سے بچا ہوا ہے۔"

شیلا غور سے اس کی طرف دیکھتی رہی۔ پھر بولی "چلو! میں تمھیں گھر تک چھوڑ آؤں۔ لشۂ تیز ہے۔"

"اوہ! تم کتنی مہربان خاتون ہو ڈاکٹر۔"

شیلا نے گاڑی کا رُخ ڈفرن روڈ کی طرف موڑ دیا۔ اس عمارت کے سامنے پہنچتے ہی اس نے بریک لگا دیے۔

اچھا کارمن!" شب بخیر!"

"شب بخیر مہربان خاتون! کیا تم مجھے بیس روپے دے سکتی ہو؟"

شیلا نے پرس کھول کر دس دس کے دو نوٹ اس کی طرف بڑھا دیے۔ کارمن نے ہی ہی کرتے ہوئے دونوں نوٹ اپنی شرٹ کی جیب میں اڑس لیے۔ پھر شیلا کا شکریہ ادا کرنے لگا۔ شیلا کو اس پر ترس آیا۔ اس نے کارمن کو رخصت کرنے کے بعد ایکسیلیٹر پر پیر رکھا اور گاڑی اسٹارٹ کر دی۔ وہ ونڈ اسکرین پر نظریں جمائے گہری ہوتی ہوئی رات کے اندھیرے میں نہ جانے کیا ڈھونڈ رہی تھی۔ بہت دیر تک وہ شہر کی سڑکوں پر بے مقصد بھٹکتی رہی۔

گھر پہنچ کر اس نے قدرے سکون محسوس کیا۔ اس پر مستقل ایک

بے دلی کی کیفیت طاری تھی۔ رہ رہ کر اپنے آپ پر غصّہ بھی آرہا تھا مالتی کے لیے اتنا پریشان ہونا اور یوں ہلکان ہونا اسے ایک لمحے کے لیے فضول محسوس ہوا۔ اس نے سوچا کہ یہ کام فون پر بھی ہو سکتا ہے مالتی شالنی کے پاس کوئی فون نمبر چھوڑ گئی تھی۔ شیلا نے ارادہ کیا کہ صبح اس نمبر پر مالتی سے رابطہ قائم کرے گی۔ اگر مالتی کے مسئلے کا کوئی حل نکل سکا تو بہت اچھا ہے۔ وہ لڑکی شیلا کے حواس پر چھا چکی تھی اور اس کے لیے شیلا اپنے دل میں بہت نرم گوشہ محسوس کر رہی تھی۔ پھر اسے کارمن کی یاد آئی۔ بے چارہ کارمن! وقت کا مارا ہوا — شیلا کو اس کے حال پر بھی افسوس ہوا۔

گاڑی گیرج میں پارک کرنے کے بعد وہ تھکے تھکے قدموں سے نرسنگ ہوم کے رہائشی حصّے کی طرف بڑھی۔ ابھی اس نے دروازہ کے ہنڈل پر ہاتھ رکھا ہی تھا کہ اچانک اس کے سر پر کوئی وزنی چیز گری۔ شیلا کی آنکھوں میں تارے ناچ گئے۔ وہ کچھ سمجھ نہیں سکی، سوائے اس کے کہ چاروں طرف گہرا اندھیرا ہے۔ کسی کٹی ہوئی شاخ کی طرح وہ فرش پر گر پڑی۔

○

رات بھر وہ بہت اینڈے بینڈے خواب دیکھتی رہی۔ اس نے دیکھا کہ مالتی کے شانوں پر لمبے لمبے دو پر چپکے ہوئے ہیں اور وہ تیزی کے ساتھ اوپر اٹھتی جا رہی ہے۔ پھر اس نے دیکھا کہ خود وہ، مالتی کا چچا اشوک گرودور، مالتی اور وہ سنکی اینگلو انڈین نیلے رنگ کی ایک بس میں بیٹھے ہوئے ہیں۔ بس فراٹے بھرتی ہوئی کسی نامعلوم منزل کی سمت بھاگی جا رہی ہے۔ پھر وہ سب کے سب آپس میں لڑنے لگتے

ہیں۔ شیلا خاموش نگاہوں سے یہ منظر دیکھ رہی ہے۔ اچانک وہ چیخ پڑتی ہے ـــ "ٹھہر جاؤ! ٹھہر جاؤ! آگے مت جاؤ! آگے ایک گہری کھائی ہے۔ تم سب مر جاؤ گے ـــ رک جاؤ ـــ رک جاؤ ـــ"!

دفعتاً اس نے محسوس کیا کہ کوئی ہولے ہولے اس کا سر سہلا رہا ہے۔ کہیں یہ بھی خواب تو نہیں! اس نے اپنے آپ سے سوال کیا۔ آنکھیں کھول کر ادھر اُدھر دیکھا۔ اب وہ ہوش میں آ چکی تھی۔ اس نے خود کو اپنے ڈرائنگ روم کے دیوان پر لیٹا ہوا پایا۔ راجن اس پر جھکا ہوا غور سے اس کی طرف دیکھ رہا تھا۔

"ہوش میں آؤ شیلا! ہوش میں آؤ! تم چیخ کیوں رہی تھیں۔ میں تمھارے لیے یہ برانڈی لایا ہوں! دو ایک گھونٹ پی لو ـــ" راجن نے بوتل اس کے منہ سے لگا دی۔

"نہیں نہیں! مجھے چھوڑ دو۔ مجھے چھوڑ دو!" شیلا نے راجن کا ہاتھ جھٹک دیا۔ ابھی تک وہ اپنے حواس پر قابو نہیں پا سکی تھی۔

"ڈارلنگ ـــ شیلا ـــ تم ٹھیک ہو! بالکل ٹھیک ہو!"

"ہاں!" شیلا نے بھرّائی ہوئی آواز میں کہا۔

"تم مجھے راہداری میں بے ہوش ملی تھیں۔ تم اتنی محنت نہ کیا کرو! شاید تھکن کی وجہ سے تم گر پڑیں۔ اور بے ہوش ہو گئیں۔ میں تمھیں وہاں سے اٹھا کر یہاں لے آیا!"

"تم! تم کب آئے؟" شیلا پر ابھی تک غنودگی طاری تھی ـــ پھر اس نے دھیرے سے کہا "کسی نے میرے سر پر کوئی بھاری چیز پھینک دی تھی ـــ" اس نے اٹھنے کی کوشش کی۔

لیٹی رہو ڈارلنگ! ذرا دیر آرام کرو ـــ!"

"نہیں، میرا پرس کہاں ہے؟" یہ کہتی ہوئی شیلا اٹھ بیٹھی
"پرس میں نہیں جانتا!"
"تمہیں میرا پرس نہیں ملا؟"
"نہیں! تمہیں بیہوش دیکھ کر مجھے کسی بات کا ہوش ہی نہیں رہا۔ ممکن ہے راہداری ہی میں پڑا ہو۔"
"مجھے ٹارچ دو راجن!"
"کیا کرو گی؟"
"اپنا پرس ڈھونڈوں گی"۔
"افوہ! تمہاری یہ حالت ہے اور تمہیں پرس کی پڑی ہوئی ہے!" راجن کے لہجے میں جھلاہٹ تھی۔
شیلا کوئی جواب دینے کے بجائے فرش پر کھڑی ہو کر اپنی چپلیں ٹٹولنے لگی۔ اس کا چہرہ کسی لاش کی طرح سرد اور بے جان دکھائی دے رہا تھا۔ دونوں راہداری کی طرف بڑھ گئے۔ راجن نے اسے اپنے بازوؤں میں سنبھال رکھا تھا۔
"پرس میں کتنی رقم تھی؟" راجن نے پوچھا۔
"تقریباً چالیس ہزار!"
"تم پولیس کو مطلع کر دو! — لیکن اتنی بڑی رقم ؟ اس کی ضرورت کیا تھی۔ ؟"
ایک بار شیلا کا جی چاہا کہ اسے بتا دے۔ وہ مالتی گرو ور کے گھر کو روانگی سے پہلے یہ رقم اپنی سیف سے نکال کر احتیاطاً لیتی گئی تھی۔ نہ جانے کیوں مالتی کے لیے وہ شدید محبت اور ہمدردی کے جذبات محسوس کرنے لگی تھی۔ پھر اس نے راجن کو یہ بات بتانے کا ارادہ ترک کر دیا۔

"تم پولس کو فون تو کر دو!"
"نہیں! ابھی نہیں! صبح دیکھا جائے گا!"
"تم راہداری کی طرف کس لیے گئی تھیں؟"
"ایک فون کرنا تھا ـــــ باہر سے آئی تھی اور پرس میرے ساتھ تھا۔ بے خیالی میں وہ پرس لیے ہوئے چلی گئی!" شیلا نے صاف جھوٹ بولا ـــــ
"کیا بہت ضروری تھا؟"
"ہاں بہت ضروری!"
"رات میں تم اکیلی رہو گی یہاں! کہو تو میں رک جاؤں!"
"نہیں تم گھر جاؤ! اپنی بیوی کے پاس!"
راجن نے ہونٹ سکوڑ لیے۔
"میں چلا جاؤں گا ـــــ لیکن تم فون کر کے شالنی کو بلا لو!"
"وہ سو رہی ہوگی۔ اُسے جلدی نیند آتی ہے!"
"سو رہی ہوگی تو کیا ہوا ـــــ اٹھ جائے گی ـــــ میری بات مانو!"
"نہیں یہاں آئی بھی تو رات بھر بڑبڑاتی رہے گی!"
"پھر بھی!"
بالآخر راجن کے اصرار پر شیلا نے شالنی کو فون کر دیا۔ شالنی اتفاق سے اس وقت جاگ رہی تھی اور اپنی بلی کو اس وقت دودھ پلا رہی تھی۔ اس کا قیام شیلا کے نرسنگ ہوم سے زیادہ فاصلے پر نہیں تھا۔ دس منٹ کے اندر اندر اس نے آنے کا وعدہ کیا۔ شیلا نے ضد کر کے راجن کو رخصت کر دیا۔ اس کے جانے کے پانچ منٹ بعد ہی شالنی ایک تھری وہیلر پر آ پہنچی۔ شیلا کے ماتھے پر معمولی سا زخم تھا۔ مگر شالنی اُسے دیکھ کر حواس باختہ ہو گئی۔ اب شیلا کو یہ کوفت ہو رہی تھی

کہ اس نے بلاوجہ شالنی کو بلوالیا۔ رات بھر دماغ چاٹتی رہے گی۔ شیلا نے کہا کہ وہ گیسٹ روم میں جاکر سو جائے۔ مگر شالنی نے صاف انکار کر دیا۔ اور شیلا کے بیڈ کے قریب ہی ایک ایزی چیئر ڈال کر نیم دراز سی ہوگئی۔

رات بھر وہ ہر پندرہ منٹ بعد شیلا سے یہ سوال کرتی رہی کہ وہ سو رہی یا نہیں۔ نیند آرہی ہے یا نہیں۔ سر کا درد ختم ہو گیا یا نہیں رات بھر شیلا بور ہوتی رہی۔ جہاں اس کی آنکھ لگتی شالنی کی آواز اسے جگا دیتی۔ آخر کار صبح ہوتے ہوتے اسے نیند آگئی۔ شالنی بھی بے سدھ سی اپنی کرسی پر آنکھیں بند کیے پڑی تھی۔

○

صبح ناشتے کے بعد شیلا نے شالنی کو ریسپشن روم کی طرف بھیج دیا۔ خود کلینک میں جانے کی تیاریاں کرنے لگی۔ پچھلی رات کے واقعات اسے رہ رہ کر یاد آرہے تھے۔ مالتی کا خیال ابھی ذہن سے رخصت نہیں ہوا تھا۔

رات وہ بہت کم سوئی تھی، ایک اچھی بات یہ تھی کہ شیلا کم خوابی کے باوجود کبھی کسلمندی کا شکار نہیں ہوتی تھی۔ شاور باتھ کے بعد وہ تازہ دم ہو چکی تھی اور حسب معمول اس وقت خاصی شاداب اور چاق و چوبند نظر آرہی تھی۔

کلینک میں قدم رکھنے سے پہلے اس نے مالتی کو رنگ کیا۔

"ہلو! ہلو! —— ۲۸۵۹۲؟"

"ہاں!" دوسری طرف سے ایک ڈری ڈری سی آواز آئی۔ یہ آواز نہ تو اشوک گروور کی تھی نہ مالتی کی ——

"میں مالتی گرووَر سے بات کرنا چاہتی ہوں!"

"مالتی گرووَر! اوہ تو چلی گئی"

"چلی گئی؟ کہاں؟"

دوسری طرف سے کوئی جواب نہیں ملا۔ جھنجھلا کر شیلا نے ہولڈر کریڈل پر پٹخ دیا۔ پھر آپ ہی آپ بڑبڑانے لگی —"میں بلا وجہ اپنا وقت ضائع کر رہی ہوں۔ جہنم میں جائیں یہ لوگ — آخر مجھے اور بھی تو کام ہیں!"

شیلا پر آج صبح سے ہی جھنجھلاہٹ سوار تھی۔ اسے اپنے آپ پر غصہ آ رہا تھا۔ مالتی پر غصہ آ رہا تھا۔ راجن پر غصہ آ رہا تھا۔ جی چاہتا تھا دیواروں سے سر ٹکراتی پھرے۔ جوں توں کر کے اس نے وارڈز کا راؤنڈ ختم کیا۔ کوئی ساڑھے دس بجے کے قریب اسے اس کام سے چھٹی ملی۔ پھر وہ ریسپشن روم کی طرف بڑھ گئی۔ شالنی حسب معمول فون پر کسی سے گپ شپ میں مصروف تھی۔ یہ دیکھ کر شیلا کو تاؤ آ گیا۔ شالنی نے باقاعدہ نرسنگ کا کورس کیا تھا۔ مگر اس کے علاوہ بھی اس کلینک میں کئی نرسیں تھیں۔ شیلا کو شالنی کی خوش مزاجی پسند تھی اس لیے اسے اس نے ریسپشن کاؤنٹر کی ذمے داری سونپ رکھی تھی پرانے مریضوں کے ریکارڈ کی دیکھ بھال، نئے مریضوں کا رجسٹریشن، شیلا سے ان کے لیے وقت مقرر کرنا۔ اور شیلا کو دن بھر کے کاموں کی تفصیل بتانا، یہ سب کچھ شالنی کے سپرد تھا۔ اس کی یہ بات شیلا کو ہمیشہ ناگوار گزرتی تھی کہ نرسنگ ہوم میں قدم رکھنے کے بعد ہر صبح وہ سب سے پہلے اپنی دوستوں سے فون پر بے وجہ بکواس کرتی رہتی تھی۔

شیلا کے چہرے پر تناؤ کی کیفیت دیکھ کر شالنی سہم گئی۔ اس

نے جلدی جلدی کہنا شروع کیا ـــــ

" کرنل ناتھ کا بیٹا دو بجے آئے گا۔ مسز حسین نے آج سہ پہر کو آپ سے ملنے کی خواہش ظاہر کی ہے ـــ تین اور چار بجے کے بیچ۔"

" ان سے کہہ دو کہ پانچ بجے سے پہلے مجھے فرصت نہیں مل سکتی!" شیلا خشک لہجے میں بولی۔

" جی ہاں ڈاکٹر! میں نے ان سے یہ کہا تھا کہ آپ آج معروف ہیں۔ اس کے ساتھ ساتھ آپ کی طبیعت بھی ٹھیک نہیں ہے!"

" میں بالکل بھلی چنگی ہوں۔ خیر ـــ اور دیکھو! رات کے واقعے کا ذکر کسی سے نہ کرنا!"

شالنی کا چہرہ کچھ اتر سا گیا۔

" میں اب ذرا پولس اسٹیشن تک جا رہی ہوں۔ پرس کی گم شدگی کی رپورٹ درج کرانی ہے!"

" اس میں کتنی رقم تھی ؟" حسب عادت شالنی نے سوال کیا۔

شیلا نے جواب دینے کی ضرورت محسوس نہیں کی۔ خاموشی سے باہر نکل گئی۔ دروازے کے قریب ایک دیوارگیر آئینے میں اس نے اپنا عکس دیکھا۔ اس کا چہرہ ایک دم زرد تھا۔ اور اس پر بری طرح تھکن طاری تھی۔ گیریج سے گاڑی نکال کر وہ پولس اسٹیشن کی طرف روانہ ہو گئی۔

اس اسٹیشن کے انچارج سے شیلا واقف تھی۔ عرصے تک شیلا نے اس کی بیوی کا علاج کیا تھا۔ اتفاق سے انچارج اپنے دفتر میں بیٹھا سگریٹ پھونک رہا تھا۔ اس نے بڑے پرتپاک انداز میں شیلا کا خیر مقدم کیا۔ شیلا نے رات کی کہانی اسے کہہ سنائی۔

آپ کو اس معاملے میں دیر نہیں کرنی چاہیے تھی۔ پرس کے غائب

ہونے کی اطلاع کل رات ہی دے دینی چاہیے تھی۔
"میں نے سوچا تو تھا، لیکن ـــــ!"
"لیکن کیا؛ خیر ـــــ اب تو جو ہوا سو ہوا۔ آپ کو چوٹ کہاں آئی ہے!"
شیلا اپنا سر دکھانے لگی۔ دھیرے سے کہا۔" زخم بہت ہلکا ہے!"
"ہلکا ہے تو کیا ہوا؟ آپ پر حملہ تو ہوا تھا ـــ کیا آپ بتا سکتی ہیں کہ ملزم نے کس چیز سے وار کیا تھا؟"
"نہیں!"
"پرس کی پہچان کیا ہے؟"
شیلا نے بڑی تفصیل سے اس کا حلیہ بیان کر دیا۔
انچارج ٹٹولنے والی نظروں سے اس کی طرف دیکھتا رہا ـــــ پھر کہا۔
"میں نے پہلے بھی آپ کو کہیں دیکھا ہے ـــ!"
شیلا کو یہ سن کر کوفت سی ہوئی۔ وہ تو اب تک یہی سمجھ رہی تھی کہ انچارج اسے اچھی طرح پہچان رہا ہے۔ اس نے شیلا کا خیر مقدم بھی اس طرح کیا تھا گویا دونوں پرانے شناسا ہوں۔
"آپ نے مجھے میرے نرسنگ ہوم میں دیکھا تھا!"
"اوہ تو آپ نرس ہیں!"
"جی نہیں! میں ڈاکٹر ہوں۔ ڈاکٹر شیلا ماتھر!"
اب انچارج کو یاد آیا کہ اس کی بیوی شیلا کے زیر علاج رہ چکی تھی۔ اس نے بہت اصرار کر کے شیلا کے لیے چائے منگوائی۔ اس کیس میں خصوصی دلچسپی لینے کا وعدہ کیا۔ پھر اپنی بیوی کی بیماری کا قصہ چھیڑ دیا۔ شیلا بیٹھی بور ہوتی رہی۔
پولس اسٹیشن سے باہر نکلی تو سامنے ہی کارمن دکھائی دیا۔ شیلا

چونک گئی۔

"کارمن!" اس نے دھیرے سے پکارا۔

"اوہ! مہربان خاتون! یہ آپ ہیں! آپ کا لہجہ کتنا نرم ہے!"

"تم یہاں کیا کر رہے تھے؟"

"کچھ بھی تو نہیں!"

"کیا کسی چکر میں پھنس گئے ہو؟"

"نہیں تو — بالکل نہیں۔ میں گرووَر کی طرح لفنگا تو ہوں نہیں میں کسی جھگڑے میں نہیں پڑتا!" کارمن کے چہرے پر خوف کے آثار تھے۔ ڈھیلے ڈھالے لباس میں وہ بہت بے ڈھنگا لگ رہا تھا۔

"اس وقت تم بہت بنے سنورے نظر آرہے ہو!"

"اوہ! شکریہ مادام! کیا سچ مچ میں اچھا لگ رہا ہوں!"

"بہت اچھے!" شیلا شوخ لہجے میں بولی۔ اس کا موڈ اب درست ہو چکا تھا۔

"یہ سوٹ —" کارمن نے اپنے لباس کی جانب اشارہ کیا — "میں نے ایک دوست سے لیا ہے۔ بس ذرا ڈھیلا ہے۔ یہ ٹائی بھی شوخ رنگ کی ہے۔ ہے نا؟"

"نہیں تو! تم پر خوب سج رہی ہے!" شیلا نے تحسین آمیز نظروں سے اس کی طرف دیکھتے ہوئے کہا۔

کارمن شرمانے لگا۔ اس کی آنکھوں میں ستارے چمکنے لگے تھے۔

"تم یہاں آئے کس لیے؟"

"مالتی کے بارے میں پولس کو اطلاع دینے کے لیے!"

"مالتی کے بارے میں؟ کیا ہوا مالتی کو؟" شیلا گھبرا گئی

"اسے قتل کردیا گیا!" کارمن کا لہجہ سرد تھا۔

"قتل! اوہ میرے خدا!"

"ہاں قتل! گرد ور بہت ڈرا ہوا ہے۔ پوچھا۔ وہ مجھ سے بھی ڈرتا ہے۔ کمار بھی بہت سہما ہوا ہے۔ دونوں کو یہ ڈر ہے کہ میں سارے معاملے کی خبر پولس تک پہنچا دوں گا!"

"کمار کون؟"

"مالتی کا شوہر ___ کمار گرد ور۔ وہ بھی چھٹا ہوا بدمعاش ہے! دونوں نے مل کر مالتی کی زندگی خراب کر رکھی تھی۔ دونوں نکھٹو ہیں۔ مفت کی روٹیوں پر پلنے والے۔"

شیلا کا دماغ اس وقت سن ہو کر رہ گیا تھا۔ بار بار اس کی نظروں میں مالتی کا چہرہ گھوم جاتا تھا۔ ایسا لگا کہ صدیاں گزر گئیں۔ پھر شیلا نے دھیرے سے کہا۔

"بہتر یہ ہوگا کہ تم پولس کو اطلاع نہ دو اس واقعے کی۔ تم خود پریشان ہو جاؤ گے۔ وہ تم سے ثبوت مانگیں گے!"

"کیا میرا کہہ دینا کافی نہیں ہے۔ میں ایک باعزت انسان ہوں! میری بھی ایک حیثیت تھی آزادی سے پہلے ___!"

"اوہ! چھوڑو اس قصّے کو اور گھر جاؤ!" شیلا پُرخیال انداز میں بولی۔

کارمن بہت اداس تھا۔ اس نے عجیب انداز سے شیلا کی طرف دیکھا۔ جیسے شیلا کا رویّہ اس کے لیے خلاف توقع رہا ہو۔ پھر گرد اڑاتا ہوا، بغیر کچھ اور کہے آگے بڑھ گیا۔ اس کی پتلون کے پائینچے فرش سے رگڑ رہے تھے۔

شیلا نے ایک طویل سانس لی۔ اپنی گھڑی کی طرف دیکھا۔ پھر بجائے اپنے گھر جانے کے اس نے گاڑی کا رُخ ڈفرن روڈ کی جانب موڑ دیا۔ اس قدیم الوضع عمارت کے سامنے پہنچ کر اس نے گاڑی روک دی۔ جیپ

چلپ اتری۔ مالتی کے فلیٹ کی سمت بڑھی۔ دروازے کے قریب پہنچ کر کال بیل کا بٹن دبایا۔ اندر گھنٹی کی چیخ گونجی اتنے میں دروازہ کھلا اور کسی عورت کی کرخت آواز سنائی دی۔

"کیوں؟ کیا بات ہے؟"

"مجھے مالتی گرو ور سے ملنا ہے!" شیلا نے کہا۔

"وہ یہاں نہیں ہے!"

"مسٹر اشوک گرو ور ہوں گے!"

"نہیں!" عورت کا لہجہ بدستور کرخت تھا۔

"آپ مسز گرو ور ہیں؟"

"آپ سے مطلب؟ آپ اپنے کام سے کام رکھیے! میں کیا ہوں، کون ہوں، آپ سے مطلب؟"

شیلا کا جی چاہا کہ بڑھ کر اس بدتمیز عورت کو ایک تماچہ رسید کر دے۔ مگر خون کے گھونٹ پی کر رہ گئی۔

"میں کہتی ہوں آپ جاتیں کیوں نہیں؟ میں اجنبی عورتوں کا اپنے شوہر سے ملنا جلنا پسند نہیں کرتی۔ آپ دفان ہوئیے یہاں سے!"

شیلا کی کھوپڑی چٹخنے لگی تھی۔ پھر بھی اس نے بہت ضبط سے کام لیا۔ اور خاموشی سے واپس ہو گئی۔ مسز گرو ور نے دروازہ اتنی زور سے بند کیا کہ اس کی چولیں ہل گئی ہوں گی۔

○

کھانا اسے زہر لگ رہا تھا۔

مگر وہ اپنے آپ کو سزا دینے کی عادی نہیں تھی اور اسے زندگی سے پیار تھا۔ اپنی زندگی سے بھی اور دوسروں کی زندگی سے

بھی۔ جوں توں کر کے اس نے دو چار لقمے حلق سے اتارے۔ پھر نرسنگ ہوم کی طرف چل دی۔

شیلا جس وقت کلینک میں پہنچی کرنل ناتھ کا بیٹا اور اس کی ماں دونوں وہاں موجود تھے۔ لڑکا بڑے انہماک کے ساتھ تصویروں والی ایک کتاب پر نظریں جمائے ہوئے تھا۔ اس کی ماں شالنی کی باتیں سننے میں مصروف تھی۔ شیلا کو دیکھتے ہی دونوں چپ ہو گئیں۔ لڑکا اسی طرح کتاب دیکھتا رہا۔ اس کی عمر بارہ برس سے زیادہ نہیں تھی۔ شکل صورت اچھی تھی۔ صحت خراب۔ گردن کے نیچے کی ہڈّیاں بہت ابھری ہوئی تھیں۔ ہاتھ پاؤں سوکھے سوکھے سے۔ برخلاف اس کے مسز ناتھ کافی موٹی تھی۔

"یہاں اس میز پر بیٹھ جاؤ بمّی!" شیلا نے لڑکے کو چمکارا۔

لڑکا ڈرا ڈرا سا میز پر بیٹھ گیا۔ شیلا بہت غور سے اس کی طرف دیکھ رہی تھی۔ وہ بہت توجہ کے ساتھ لڑکے کا معائنہ کرتی رہی۔ پھر مسز ناتھ سے کہا۔۔۔

"کل سے آپ لڑکے کو تنہا بھیج دیا کیجیے گا۔ آپ کو زحمت کرنے کی ضرورت نہیں ہے۔ یہ سائکل پر آجایا کرے گا۔"

"سائیکل؟" مسز ناتھ حیرت سے بولی۔

"ہاں ہاں! سائیکل!"

"ہونہہ" مسز ناتھ نے بُرا سا منہ بنایا۔ "سائیکل صرف میرے ملازم چلاتے ہیں۔ پھر میں اسے بہت خطرناک سواری سمجھتی ہوں۔"

شیلا کے چہرے پر ناگواری پھیل گئی۔ اس نے دو اور دو چار کے لہجے میں کہا۔۔۔

"میں تو صرف یہ چاہتی ہوں کہ بمّی یہاں اکیلا آئے۔ اس سے

اس کی خود اعتمادی بحال ہوگی! سائکل پر آئے یا کسی اور سواری پر یا پیدل، مجھے اس سے بحث نہیں — پمی اتنا سمجھدار تو ہے ہی کہ تنہا یہاں آسکتا ہے — کیوں پمی!"

پمی مسکرا کر رہ گیا۔

مسز ناتھ شیلا سے اجازت لے کر اٹھ کھڑی ہوئی۔ دونوں خاموشی سے باہر نکل گئے۔

ریسپشن روم میں دو اشخاص دیر سے بیٹھے ہوئے تھے۔ ایک عورت تھی اپنے بچے کے ساتھ۔ دوسرا بتیس برس کا ایک خوبرو اجنبی۔ دراز قامت، کشادہ سینہ، بال بہت چمکیلے اور نرم۔ ہونٹوں پر ایک مستقل مسکراہٹ، جیسے لوگوں کا مذاق اڑا رہا ہو۔ اس کا لباس بہت ستھرا تھا۔ ایک نظر دیکھ کر بھی اس کے بارے میں یہ کہا جاسکتا تھا کہ وہ اپنی ظاہری شخصیت اور لباس پر غیر معمولی توجہ صرف کرنے کا عادی ہے — قدرے خود پسند بھی۔

شیلا نے اسے دیکھا تو دیکھتی رہ گئی۔ شیلا مضبوط اعصاب کی عورت تھی۔ مگر اجنبی کی آنکھوں میں عجیب مقناطیسی قوت تھی۔ شیلا کو ایسا لگا کہ اس کی آنکھوں سے برقی شعاعیں نکل رہی ہیں۔

"میں ڈاکٹر شیلا ماتھر ہوں!" شیلا نے کمزور لہجے میں کہا۔

"میں رازی ہوں!" اجنبی بھاری آواز میں بولا۔ شیلا کے کانوں میں گھنٹیاں سی بجنے لگیں۔ پھر یکایک وہ چونک پڑی — رازی کہیں یہ وہی تو نہیں —

رازی کے ہونٹوں پر مسکراہٹ کھیلنے لگی۔

"آپ —؟" شیلا کچھ کہتے کہتے رک گئی — پھر جملہ مکمل کیا۔

"انٹیلیجنس سے متعلق ہیں۔"

"جی ہاں! آپ ٹھیک سمجھیں ـــــ میں انسپکٹر رازی ہوں!" رازی شیلا کی گھبراہٹ سے لطف لے رہا تھا۔

شیلا کے لیے یہ نام اجنبی نہیں تھا۔ وہ رازی کا نام اس سے پہلے کئی بار سن چکی تھی۔ اونچے طبقے کے لوگوں، خاص طور پر خواتین میں یہ نام بڑی شہرت رکھتا تھا۔ پارٹیوں اور ڈرائنگ روم کی غپ شپ میں اکثر رازی کا تذکرہ رہتا تھا۔ ابھی زیادہ دنوں کی بات نہیں جب رازی نے مجرموں کے ایک بین الاقوامی گروہ کی سرگرمیوں کا پردہ فاش کیا تھا۔ اس سلسلے میں اسے کئی سرکاری اور غیر سرکاری اعزازات ملے تھے۔ اس کے کارناموں کا بیان اس طرح کیا جاتا تھا گویا کہ وہ افسانوی شخصیت ہو۔ جب تک شیلا نے رازی دیکھا نہیں تھا اس کا خیال تھا کہ رازی پختہ عمر کا تجربہ کار شخص ہوگا۔ کہنے کو تو رازی سراغرسانی کے محکمے کا ایک انسپکٹر تھا لیکن اس کی بے اندازہ دولت، اس کی وجاہت اور خاندانی امتیازات کے سلسلے میں بہت سی کہانیاں مشہور تھیں، رازی کے والد سراغرسانی کے محکمے میں آئی جی کے عہدے سے سبک دوش ہوئے تھے۔ خاندانی رئیس تھے۔ ان کی خواہش تھی کہ ان کا بیٹا ڈاکٹر بنے چنانچہ اسی مقصد کے لیے انھوں نے رازی کو انگلستان بھیجا تھا۔ مگر رازی واپس آیا تو ایک تربیت یافتہ سراغرساں بن کر اس کے والد چاہتے تو اپنی حیثیت اور منصب سے فائدہ اٹھا کر اسے کسی بہتر جگہ پر رکھوا سکتے تھے۔ لیکن یہ بات ان کے مزاج کے خلاف تھی۔ پھر رازی بھی زندگی میں کسی کا سہارا ڈھونڈنے اور بیساکھیاں استعمال کرنے کا عادی نہیں تھا۔ وہ چاہتا تھا کہ اپنی ہی محنت اور صلاحیت کے بل بوتے پر کچھ کر دکھائے۔ گھر والوں کو اس کے ڈاکٹر بننے سے جو مایوسی ہوئی تھی اس کی تلافی کے لیے وہ اپنے آپ کو سراغرسانی کے میدان میں منوانے

کا عہد کر چکا تھا۔
"آپ یہاں کس لیے آئے ہیں؟ کیا تکلیف ہے آپ کو؟"
"مرضِ عشق!" رازی نے مضحکہ اڑانے والے انداز میں کہا۔
"پھر آپ کسی دماغی اسپتال کا رخ کیجیے!" شیلا اب خود کو سنبھال چکی تھی۔
"بہت اچھے!" رازی ہنس کر بولا — "مجھے ذہین اور خوش مزاج عورتیں پسند ہیں۔ مجھے یقین ہے کہ کسی بھی ذہین اور خوش مزاج عورت کو ٹنڈے کی ترکاری پسند نہیں آسکتی۔"
"ٹنڈا!"
"جی ہاں ٹنڈا۔ اسے دیکھ کر خواہ مخواہ دنیا کے گول ہونے کا خیال آتا ہے۔ اب آپ خود سوچیے! دنیا اگر گول ہوتی تو ہم لوگ کب کے گول ہو چکے ہوتے —"
"پیٹے پٹائے مذاق!" شیلا نے برا سا منہ بنایا۔ پھر اسے خیال آیا کہ اس جگہ رازی کے علاوہ ایک اجنبی عورت بھی اپنے بچے کے ساتھ موجود ہے۔ وہ اچانک سنجیدہ ہو گئی۔
"مسٹر رازی! میں آپ کے آنے کا مقصد نہیں سمجھی!"
"ابھی بتاتا ہوں!"
"آپ ذرا بچے کے ساتھ اندر جائیں۔ وہاں شالنی موجود ہے اس سے مل کر رجسٹریشن کرا لیجیے اور وقت لے لیجیے۔ میں پہلے سے وقت دیے بغیر کسی مریض کو نہیں دیکھتی۔ آپ کا نام؟"
"مسز اد برائے!" اجنبی عورت نے اٹھتے ہوئے کہا۔
اچھا تو مسز اد برائے — آپ پہلے شالنی سے ملیں۔ وہ نرس جو ابھی ریسپشن کاؤنٹر پر بیٹھی ہوئی تھی —"

مسز او برائے اندر چلی گئی۔

"یہ آپ نے اچھا کیا۔ مجھے کباب میں ہڈی پسند نہیں!"

کوئی اور وقت ہوتا تو شیلا ترکی بہ ترکی جواب دیتی۔ مگر سچ تو یہ ہے کہ رازی کے آنے سے وہ قدرے پریشان بھی ہو رہی تھی۔ اس نے سُن رکھا تھا کہ جہاں رازی کے قدم پڑتے ہیں کوئی نہ کوئی شگوفہ ضرور کھلتا ہے۔ یقیناً کچھ نہ کچھ ہو کر رہے گا۔

"آپ نے پرس کی گمشدگی کی رپورٹ درج کرائی تھی؟" رازی نے سوال کیا۔

"جی ہاں! ایک معمولی چوری — اس کے لیے آپ کو یہاں آنے کی ضرورت کیا تھی؟"

"ضرورت ایجاد کی ماں ہے!" رازی چہرے پر کمال سنجیدگی طاری کرتے ہوئے بولا۔

"میں کچھ سمجھ نہیں سکی!" شیلا نے بُرا سا منہ بنایا۔

"سمجھ جائیں گی — بہت جلد سمجھ جائیں گی۔ پرس کا غائب ہونا معمولی واقعہ سہی مگر آپ پر حملہ بھی تو ہوا تھا؟"

"جی ہاں!"

"ہمیں ایک پرس ملا ہے۔ آپ نے جو شناخت بتائی تھی اس سے مختلف۔ لیکن پرس کے اندر رکھے ہوئے ایک کارڈ پر آپ کا نام موجود ہے!"

"کیا میرا ملاقاتی کارڈ؟"

"نہیں ایک عام ریفرنس کارڈ۔ آپ کا نام اور پتا اس پر ٹائپ کیا ہوا ہے!"

"لیکن میرے پرس میں تو ایسا کوئی کارڈ نہیں تھا!"

"یہی تو میں عرض کر رہا ہوں، ذہین خاتون ـــ ذرا عقل کا ٹیلی اسکوپ استعمال کیجیے!"

شیلا کو رازی کا لہجہ پسند نہیں آیا۔ اس نے کچھ کہنا ہی چاہا تھا کہ رازی نے اپنے بیگ سے ایک پرس نکال کر اس کی طرف بڑھا دیا۔

"یہ پرس میرا نہیں ہے!"

"آپ اسے پہچانتی بھی نہیں؟"

شیلا گڑبڑا گئی ـــ "نن نہیں!"

"مگر کارمن پہچانتا ہے!"

"اوہ! وہ خبطی اینگلو انڈین! آپ اس تک کیسے پہنچے؟"

"وہ خود مجھ تک پہنچا تھا!"

شیلا سمجھ گئی کہ رازی پورے قصے سے باخبر ہو چکا ہے ـــ

"ہو سکتا ہے!" شیلا کے حلق میں پھندا سا پڑنے لگا۔

"کارمن کے بیان کے مطابق مالتی آپ کی دوست تھی کل رات وہ آپ سے ملنا چاہتی تھی۔ افسوس کہ مل نہیں سکی!"

"وہ میری دوست نہیں تھی! صرف ایک مریضہ تھی اور علاج کی غرض سے ایک بار میرے پاس آئی تھی!"

"اوہ! آپ ٹھیک کہتی ہیں۔ میری دوست کہنا مجھے بھی عجیب سا لگتا ہے۔ دوست کو کم سے کم تھوڑا بہت مرد ہونا چاہیے!"

"اس وقت میں ایسے موڈ میں نہیں ہوں کہ آپ کے مذاق کی داد دے سکوں!" شیلا بے دلی سے بولی۔

"خیر ـــ میں بہتر وقت کا انتظار کر لوں گا! یہ تو بتائیے کہ مالتی کا مرض کیا تھا!"

"کسی کے مرض کے بارے میں بتانا میری اخلاقیات کے خلاف ہے!"

"لیکن یاد رکھیے کہ یہ معاملہ کسی اور کا نہیں، مالتی کا ہے — وہ لڑکی جو قتل کر دی گئی!" رازی کا لہجہ کاروباری تھا۔

"مالتی حاملہ تھی!"

"شادی شدہ تھی؟"

"ہاں۔ مگر شوہر سے ناچاقی ہو گئی تھی۔ وہ مجھ سے جس قسم کی مدد چاہتی تھی وہ میں دے نہیں سکتی تھی! پھر بھی میری خواہش تھی کہ اس کے لیے کچھ کروں۔ مالتی اچھی لڑکی تھی۔ وہ ناحق اتنی پریشان تھی۔ شہر کی متعدد فلاحی انجمنیں اس کا سہارا بن سکتی تھیں۔ وہ خاصے دلکش خد و خال رکھتی تھی۔ اسے دیکھ کر یہ اندازہ لگانا مشکل تھا کہ اس کا تعلق نچلے متوسط طبقے سے ہے۔"

"سنیے!" رازی نے طنزیہ لہجہ میں کہا۔ "اب آپ بہک رہی ہیں! آپ کی ریسپشن گرل شالنی بھی اسی طرح بہکتی رہتی ہے۔ مگر اس کی باتیں غیر دلچسپ نہیں ہوتی۔ آپ ذرا کام کی باتیں کیجیے۔ بکواس کا پورا کوٹہ آج شالنی کے حصے میں چلا گیا۔"

"آپ عجیب جنگلی آدمی ہیں!" شیلا کو تاؤ آ گیا۔

"جی نہیں — آپ کو غلط اطلاع ملی ہے۔ وہ تو میرے دادا جان تھے!"

"ہاں ہاں! محکمۂ جنگلات کے افسرِ اعلا!"

شیلا ہونٹ سکوڑ کر رہ گئی۔

"آج صبح مالتی کی لاش آئی۔"

"یہ بھی ہو سکتا ہے کہ اس نے خودکشی کر لی ہو"

"جی ہاں! اس نے اپنا داہنا بازو قلم کر کے خودکشی کی تھی!" رازی کے ہونٹوں پر زہرخند تھا۔

"داہنا بازو!"

"ہاں! مالتی کا داہنا بازو غائب تھا۔ جہاں اس کی لاش ملی وہیں یہ پرس پڑا ہوا تھا۔ اور پرس میں یہ کارڈ! خیر اب میں چلتا ہوں۔ ضرورت پڑی تو پھر آؤں گا!" رازی اٹھ کھڑا ہوا۔

"اوہ پلیز مسٹر رازی! میں مالتی کے بارے میں کچھ اور سننا چاہتی ہوں!"

"اس سے زیادہ میں خود بھی نہیں جانتا!" رازی یہ کہتا ہوا باہر نکل گیا۔ شیلا پتھر جیسی بت بنی اسے جاتا ہوا دیکھتی رہی۔

○

سورج دن بھر کے سفر سے تھکا تھکا سا' دھیرے دھیرے مغربی افق کی طرف بڑھ رہا تھا۔ ہوا میں نمی تھی۔ شاید آس پاس کی پہاڑیوں پر بارش ہوئی تھی۔ ریکھا بڑی دیر سے اپنے بڈ روم کے مغربی دریچے کے قریب ایک آرام کرسی پر نیم دراز غروب آفتاب کا منظر دیکھ رہی تھی۔ اس کے قریب ہی تپائی پر ریڈ وائن کی ایک بوتل' ایک گلاس اور تشتری میں تلے ہوئے کاجو رکھے ہوئے تھے۔ تھوڑے تھوڑے وقفے کے بعد وہ گلاس اٹھا کر ہونٹوں سے لگاتی۔ ایک چسکی لیتی' پھر تلے ہوئے کاجو کے دو ایک دانے منہ میں ڈال لیتی۔

کرسی پر لیٹے لیٹے اس نے ایک طویل انگڑائی لی۔ جیسے اس کے بدن کا جوڑ جوڑ دکھ رہا ہو۔ پھر اس نے سگریٹ کا پیکٹ اٹھایا۔ ایک سگریٹ ہولڈر میں لگا کر دانتوں میں دبایا اور ماچس تلاش کرنے لگی۔ صرف ایک تیلی رہ گئی تھی۔ ریکھا نے بہت احتیاط سے وہ تیلی جلائی' سگریٹ سلگایا اور دھیمے دھیمے کش لینے لگی۔

اس کی عمر پینتیس اور چالیس کے درمیان رہی ہوگی۔ مگر وہ اپنی عمر سے بہت کم دکھائی دیتی تھی۔ کچھ تو اپنے ننھے منّے قد کی وجہ سے کچھ اس لیے بھی کہ اس نے خود کو بہت سنبھال کر رکھا تھا اور اب بھی پرکشش نظر آتی تھی۔ ریکھا آرٹ اور ادب کی دلدادہ تھی۔ شہر کی تمام بڑی ثقافتی انجمنوں کے باقاعدہ عہدے داروں میں شامل تھی۔ اپنی کلچرل سرگرمیوں کی وجہ سے وہ ہر طبقے میں مقبول تھی۔ سنگیت سبھائیں، ڈرامے، مشاعرے کوی سمیلن، ناچ رنگ گے تمام تماشے اس کے دم سے قائم تھے اونچے طبقے کی بہت سی خواتین، جو بظاہر اس سے بہتر اور زیادہ پرکشش شخصیت کی مالک تھیں اُس سے اکثر حسد کرتی تھیں۔ ریکھا اپنے منحنی جسم کے باوجود غضب کی پھرتیلی عورت تھی۔ اور حاضر جوابی کے معاملے میں تو بے مثال سمجھی جاتی تھی۔

آرٹ اور ادب کے علاوہ اُسے روحانیت سے بھی شغف تھا۔ ایک یوگا آشرم بھی چلاتی تھی جہاں متموّل گھرانوں کے نوجوان لڑکے اور لڑکیاں ہی نہیں، ادھیڑ عمر کی خواتین اور مرد بھی یوگا کی تربیت کے لیے آتے تھے۔ اکثر ٹیلی وژن پر بھی وہ یوگا کی تربیت دیتی تھی۔ اس کی ملاقات سرمایہ دار طبقے کے افراد سے قطع نظر وزیروں اور سفیروں سے بھی تھی۔ اس لیے اس کے پاس غرض مند لوگوں کی ایک بھیڑ دکھائی دیتی تھی۔ نوکری کی تلاش میں نوجوان بھی اس کی کوٹھی کے چکر لگاتے رہتے تھے۔ یہ بات عام طور پر کہی جاتی تھی کہ ریکھا کی سفارش ٹھکرانے کا حوصلہ بڑے سے بڑے نک چڑھے افسروں میں بھی نہیں ہے۔ وہ اپنی مرضی سے جب چاہتی کسی کا تبادلہ کرواسکتی تھی۔ ترقیاں دلواسکتی تھی۔ نوکریوں سے برطرف کرواسکتی تھی۔ اس کے ایک اشارۂ ابرو پر انتظامیہ کا سارا نظام کچھ سے کچھ ہوسکتا تھا۔ مگر ریکھا بری عورت نہیں تھی۔ بے

پناہ دولت، مقبولیت اور اقتدار کی مالک ہونے کے باوجود اس کا دماغ خراب نہیں ہوا تھا۔ اس کی طبیعت میں نرمی اور انکساری کا رنگ بہت نمایاں تھا۔ اس سے جلنے والی عورتیں ان سب باتوں کو اداکاری پر محمول کرتی تھیں اور ریکھا کے سلسلے میں بعض اسکینڈل بھی سنے گئے تھے ــــ خاص طور پر اس لیے کہ اس کے گرد نوجوانوں کا جمگھٹا رہتا تھا۔ اس میں شک نہیں کہ وہ ذرا دل پھینک واقع ہوئی تھی۔ کالج کے دنوں میں اس کے کئی رومانس بہت زور شور سے چلے تھے۔

راجن سے اس کی شادی بھی ایک رومان ہی کا نتیجہ تھی۔ بظاہر ایسا لگتا تھا کہ راجن اور ریکھا اب بھی ایک دوسرے سے بے پناہ محبت کرتے ہیں۔ ریکھا ہر محفل میں اپنی باتوں سے اور گھر پر اپنے طرزِ زندگی سے یہی تاثر دیتی تھی کہ اس کی دنیا، کلچرل سرگرمیوں کے باوجود، اپنے شوہر تک محدود ہے۔ وہ جتنی سوشل ہے اتنی ہی گھریلو بھی ہے۔ راجن کی ترقی میں ریکھا کا رول کم اہم نہیں تھا۔ ریکھا ہی کے توسط سے اُسے کئی بڑی ایجنسیز ملی تھیں۔ اور کاروبار کے سلسلے میں غیر معمولی رعایتیں۔ اس لیے راجن اس سے قدرے دبتا بھی تھا۔

ریکھا شہر کے کم وبیش تمام تعلیمی اداروں میں وظائف بھی دیتی تھی۔ سالانہ تقریبات کے موقعے پر اسے ان اداروں میں ہمیشہ مدعو کیا جاتا تھا۔ نوجوانوں کے سامنے وہ اخلاق اور تہذیب اور روایت کے موضوع پر لمبی چوڑی تقریریں بھی کیا کرتی تھی۔ انھیں اونچے آدرشوں تک پہنچنے کی ترغیب دیتی تھی۔ شہریوں کی انجمن نے اسے مثالی خاتون کا اعزاز عطا کیا تھا۔

آزادیٔ نسواں کی تحریک بھی شہر میں ریکھا ہی کے دم قدم سے چل رہی تھی۔ وہ زندگی کے تمام معاملات میں عورتوں اور مردوں کی برابری

آفتاب جلالی

کا پرچار کرتی رہتی تھی۔ اس لیے راجن کے بارے میں اِدھر اُدھر کی بہت سی باتیں سننے کے باوجود اس نے کبھی ناک بھوں نہیں چڑھائی۔ اسی کے ساتھ ساتھ راجن کو بھی یہ اجازت نہیں تھی کہ وہ ریکھا کے ذاتی معاملات میں کسی طرح کی مداخلت کرے۔ دونوں ساتھ رہتے ہوئے اور میاں بیوی کے رشتے کی پابندی کے باوجود اپنی اپنی جگہ آزاد تھے۔ اونچے طبقے کے بہت سے مرد اپنی تنگ نظر بیویوں کو اکثر ریکھا کی مثال دیتے تھے۔ ریکھا سچ مچ بہت کھلے دل کی عورت تھی۔

ایسا نہیں کہ اسے راجن اور ڈاکٹر شیلا ماتھر کے تعلقات کی نوعیت کا علم نہ رہا ہو۔ وہ سب کچھ جانتی تھی اور سمجھتی تھی۔ اسے خوب پتا تھا کہ شیلا کے علاوہ بھی کئی عورتوں کے سلسلے میں راجن نے اس سے بے وفائی کی ہے۔ لیکن اس قسم کی بے وفائی، ریکھا کی اپنی زندگی اور اونچے طبقے کی زندگی میں کوئی معنی نہیں رکھتی تھی۔ اسے ایک طرح کی جنسی رواداری کا نام دیا جاتا تھا۔ شیلا سے راجن کا تعارف اپنی بیوی کی بیماری ہی کے بہانے ہوا تھا۔ پھر یہ تعارف ایک مستقل تعلق میں تبدیل ہو گیا۔ ریکھا اس تعلق پر کبھی معترض نہیں ہوئی۔ یہ اور بات کہ وہ راجن سے بھی اسی رواداری کا مطالبہ کرتی تھی۔

شیلا سے ریکھا کے تعلقات اب دوستی کے حدود میں داخل ہو چکے تھے۔ فرصت کی اکثر شامیں شیلا راجن ولا میں گزارتی تھی۔ یہ الگ بات ہے کہ ریکھا کی موجودگی میں راجن اور شیلا ایک دوسرے سے بہت زیادہ بے تکلف نہیں ہوتے تھے۔

اس وقت ریکھا کو ہلکا سا بخار تھا۔ کچھ ہی دیر پہلے اس نے شیلا کو فون پر اپنی حالت سے باخبر کیا تھا اور اب اس کی منتظر تھی۔ سورج مغربی افق کے کنارے پہنچ چکا تھا

اچانک کسی گاڑی کے رکنے کی آواز ریکھا کے کانوں تک پہنچی —— شیلا ہوگی! اس نے دل میں سوچا۔ پھر جمائی لیتی ہوئی اٹھ بیٹھی۔ اس کا قیاس صحیح نکلا۔ شیلا اپنی گاڑی سے اتر کر اندر آرہی تھی۔

دروازے پر تین کتّے تھے۔ تین کے تینوں اعلا نسل کے ہاؤنڈز۔ وہ پل دو پل شیلا کی طرف خاموشی سے دیکھتے رہے۔ پھر انھوں نے بھونکنا شروع کر دیا۔ ایک نے اچھل کر شیلا کے سینے پر اپنے اگلے پیر رکھ دیے۔ شیلا زور سے چیخی ——

"اوہ! لیڈی —— لیڈی —— ہٹو۔ ہٹو!" ریکھا ہنستی ہوئی دروازے کے باہر آگئی۔

اس نے نیلا ریشمی لبادہ پہن رکھا تھا جس کا دامن فرش سے رگڑ رہا تھا۔ لیک کر اس نے کتے کے پنجے تھام لیے۔ اسے چمکارا۔ اس کے گال تھپتھپائے۔ پھر پیار بھرے انداز میں بولی ——"یہ بہت شوخ ہے۔ خوبصورت خواتین پر بُری طرح جھپٹتا ہے!

شیلا نے اطمینان کا سانس لیا۔

کتّوں کو باہر چھوڑ کر ریکھا شیلا کا ہاتھ پکڑے ہوئے اندر آگئی۔ پھر دونوں ڈرائنگ روم کی طرف بڑھ گئیں۔ اتنے میں تینوں کتّے بھی اندر آگئے۔

چائے کے لیے شاید پہلے ہی سے ریکھا نے ہدایت دے رکھی تھی۔ دونوں ابھی بیٹھے ہی تھے کہ ایک ملازم چائے کی ٹرالی ڈھکیلتا ہوا اندر آیا۔ ریکھا نے شیلا کے لیے چائے بنائی اور پیالی اس کے سامنے رکھ دی۔ اتنے میں لیڈی دوڑتا ہوا آیا۔ اور اپنی ٹھوڈی ریکھا کی گود میں رکھ دی۔ ریکھا نے دو بسکٹ اٹھائے۔ بہت پیار سے لیڈی کو کھلانے لگی۔

شیلا نے ریکھا کی طرف غور سے دیکھتے ہوئے کہا—" میرا خیال ہے

کہ تم اب بہتر ہو!

"ہاں بہتر ہوں!"

چائے کی پیالی میز پر رکھ کر شیلا نے ریکھا کی کلائی تھام لی اور نبض دیکھنے لگی۔ معمولی حرارت تھی۔

"وہ دوائیں تم تو استعمال کر رہی ہو گی جو میں نے پہلے تجویز کی تھیں!"

"ہاں ہاں! مگر بے خیالی میں اکثر بھول بھی جاتی ہوں!"

"یہ غلط ہے — تمھیں دوا علاج کے معاملے میں بے قاعدہ نہیں ہونا چاہیے!"

"کروں بھی کیا — ؟" ریکھا بولی — جہیز کے سلسلے میں مرنے والی عورتوں کے جھگڑے۔ تم تو جانتے ہی ہو کہ ادھر یہ سلسلہ بہت بڑھ گیا ہے۔ پھر گھروں سے بھاگی ہوئی لڑکیوں کے لیے میں نے ادھر ایک ہوم بھی کھلوا دیا ہے۔ اس کا خرچ دو تین سرمایہ دار مل کر فراہم کرتے ہیں۔ تمھیں یہ بھی بتا دوں کہ ان لڑکیوں میں کچھ نہایت پُرکشش بھی ہوتی ہیں — یہ کہہ کر ریکھا معنی خیز انداز میں ہنسی۔

شیلا چپ چاپ ہنستی رہی۔

"ایسی کئی لڑکیوں کو میں نے بعض آسودہ حال گھرانوں میں ٹھکانے لگا دیا ہے۔ ارے یہی اوپر کے کام کاج پر — اب وہاں عیش کرتی ہیں —"

شیلا نے کچھ نہیں کہا۔ بس ریکھا کی طرف خالی خالی نگاہوں سے دیکھتی رہی۔

"ایک لڑکی کا کچھ چکر چل گیا تھا — اس کی فکر — پھر میری کُتیا بیمار ہو گئی۔ اس کی فکر۔ اس حال میں دوائیں پابندی سے کھانے کا کس

آفتاب جلالی

کو خیال رہ سکتا ہے ـــ!"

"تمہاری کتیا تم سے زیادہ اہم تو نہیں!" شیلا سپاٹ لہجے میں بولی۔
ریکھا یہ سن کر ہنس دی ـــ "راجن بھی یہی کہتا ہے ـــ اکثر کہتا ہے کہ اس کے لیے میری زندگی اور صحت کتنی قیمتی ہیں ـــ!"

شیلا کو ایک دھچکا سا لگا۔ کتنی بار یہی جملہ وہ اپنے لیے بھی راجن سے سن چکی تھی۔

"اور تم یہ شراب اور سگریٹ بھی چھوڑ دو!" شیلا نے خود کو سنبھالتے ہوئے کہا ـــ "تمہیں اندازہ نہیں۔ اندر سے تم روز بروز کمزور ہوتی جا رہی ہو۔ تمہارا چہرہ پہلے سے زیادہ زرد نظر آنے لگا ہے۔ تم نے اگر اسی طرح لاپروائی برتی تو ـــ"

"ہو گا ـــ راجن دوسری ـــ ریکھا کچھ کہتی کہتی رک گئی ـــ
شیلا نے اپنا دل ڈوبتا ہوا محسوس کیا۔ گھڑی کی طرف دیکھا اور اٹھ کھڑی ہوئی۔

"ڈنر کھا کر جانا۔ راجن نے اپنے بعض دوستوں کو بھی مدعو کر رکھا ہے!"

"نہیں، آج مجھے کئی کام ہیں۔ تم نے بلایا تھا اس لیے چلی آئی۔"
"واقعی؟"
"ہاں! اب میں جاؤں گی۔"

شیلا کو بیرونی دروازے تک آکر ریکھا نے رخصت کیا۔
دھندلکا پھیل چکا تھا۔ آسمان دھیرے دھیرے سیاہی کے غلاف میں لپٹتا جا رہا تھا۔

شعلوں کا ناچ

سارے ماحول پر موت کا سناٹا طاری تھا۔ ایسا لگتا تھا کہ ہر شے ہمیشہ کی نیند سو چکی ہے۔ کہیں کوئی حرکت، کوئی زندگی، کوئی روشنی نہیں۔ وہ رات کے کھانے سے فارغ ہونے کے بعد اپنی اسٹڈی میں تنہا بیٹھی ہوئی تھی۔

خاموشی جب اسے ڈسنے لگی تو وہ تھکی تھکی سی اٹھی اور ریڈیوگرام پر پروین سلطانہ کا ایک ریکارڈ چڑھا دیا۔ چند لمحوں بعد رات اس ڈوبی ہوئی بابیک آواز کے پروں پر سفر کر رہی تھی۔

جا میں تو سے نہ بولوں
تو سے نہ بولوں

جا ئیں تو سے نہ بولوں — نہ بولوں، نہ بولوں، نہ بولوں

سوئی ریکارڈ پر ایک جگہ اٹک گئی تھی اور اس آواز کے ساتھ ایک مستقل گھبراہٹ دماغ پر ہتھوڑے برسا رہی تھی۔

شیلا نے اکتائی ہوئی نظروں سے ریڈیوگرام کی طرف دیکھا پھر اٹھ کر سوئچ آف کر دیا۔

آج صبح سے وہ راجن کی منتظر تھی۔ نہ وہ آیا نہ اس کا کوئی پیغام۔

سہ پہر کے قریب دن بھر کا کام ختم کرنے کے بعد راجن اسے بالعموم فون کرنا نہیں بھولتا تھا۔ اسی وقت وہ شام کا پروگرام طے کرتے تھے۔ آج سہ پہر کو بھی راجن کی طرف سے خاموشی رہی۔

"کہیں اس کی محبت میں کمی تو نہیں آتی جا رہی ہے!" شیلا نے اپنے آپ سے پوچھا۔ پھر اسے ریکھا کا خیال آیا ــــ وہ ہزار چاہنے کے باوجود ریکھا سے نفرت نہیں کر پاتی تھی۔ بلکہ واقعہ تو یہ ہے کہ ریکھا کے بارے میں سوچتے وقت کبھی کبھی اسے اپنے آپ پر شرم بھی آتی تھی اور ایک احساس جرم اس کے اپنے حواس پر چھانے لگتا تھا۔

راجن ادھر کچھ دنوں سے یا تو غیر معمولی طور پر مصروف تھا، یا پھر اس کے رویئے میں تبدیلی آتی جا رہی تھی۔ نہ وہ پہلا سا تپاک، نہ وہ نرمی۔ "ہو سکتا ہے مجھ سے اس کا جی بھر چکا ہو!" شیلا نے سوچا اور آنکھیں بند کر لیں۔ پھر اس نے فون پر راجن کے نمبر ڈائل کیے۔

"ہلّو!" دوسری طرف سے راجن کی آواز آئی ــ سرد اور بے مہر۔

"میں کب سے تمھاری راہ دیکھ رہی ہوں! کیا تم آج شام آ سکتے ہو!"

"سوری ــــ رانگ نمبر!"

"اس کا مطلب ہے کہ تم ــــ"

"میں نے کہہ تو دیا محترمہ کہ آپ غلط نمبر پر فون کر رہی ہیں ــــ"

"راجن!" شیلا التجا آمیز لہجے میں بولی۔

دوسری طرف سے کنکشن آف کر دیا گیا۔ شیلا کے دماغ میں آندھیاں سی چلنے لگیں۔ پھر اس نے اپنی بدگمانی رفع کرنے کے لیے ــــ یا اپنے آپ کو جان بوجھ کر دھوکے میں رکھنے کے لیے سوچا ــــ ہو سکتا کہ اسی کمرے میں ریکھا بھی موجود ہو۔ راجن نے احتیاطاً ایسا کیا ہو ــ کاش واقعہ یہی ہو! اس نے دل کو بہلاوے دیے۔ مگر کوفت اور بے دلی

کے احساس سے چھٹکارا نہ پا سکی۔ اس نے دونوں ہتھیلیوں پر اپنا چہرہ ٹیک لیا۔ چپ بیٹھی اندھیرے کو گھورتی رہی۔

سامنے کا دروازہ کھلا ہوا تھا۔ ہوا کے سرد جھونکے اس کے بالوں، اس کے کھلے ہوئے بازوؤں، اس کے نیم عریاں گریبان سے ٹکرا رہے تھے۔ وہ دروازہ بند کرنے کے لیے اٹھی۔ دفعتاً اسے دو آدمی دکھائی دیے جو گیٹ سے اندر داخل ہو رہے تھے۔ ان میں ایک دراز قامت تھا دوسرا پستہ قد۔ دونوں نے اپنے ہاتھ پتلون کے جیب میں ڈال رکھے تھے

دونوں نے اسٹڈی میں روشنی دیکھی تو اس طرف چلے آئے۔

شیلا کا دل تیزی سے دھڑک رہا تھا۔ روشنی میں دراز قامت اجنبی کی توتے جیسی ناک دیکھ کر شیلا کو قدرے اطمینان ہوا۔

"آپ مسٹر گروور ہیں!" وہ دروازے کی طرف بڑھتی ہوئی بولی — مسٹر اشوک گروور!"

"ہاں! اور یہ کمار ہیں —!" توتے جیسی ناک والے نے پستہ قد آدمی کی طرف اشارہ کیا۔

شیلا کو یاد آگیا — کمار — مالتی کا شوہر تھا — اسے اچانک مالتی یاد آگئی۔ اور کمار کے لیے اس نے نفرت کے شدید جذبات محسوس کیے۔ کمار کے چہرے سے لاابالی پن اور سنگ دلی برس رہی تھی۔ کان ناک اور ہونٹوں پر زخم کے نشان تھے۔ یہ دیکھ کر کوئی بھی یہ کہہ سکتا تھا کہ وہ اچھا آدمی نہیں ہے۔

"کیا آپ نے مجھے پہلے بھی دیکھا ہے!" کمار نے پوچھا۔

"ہاں — مسٹر گروور کے گھر پر —"

"یہ غلط ہے! آپ نے مجھے کبھی نہیں دیکھا — کبھی نہیں!"

"کمار ہوش میں آؤ!" اشوک گروور نے سخت لہجے میں کہا۔ پھر

شیلا کو مخاطب کرتے ہوئے معذرت آمیز انداز میں بولا ــــ "معاف کیجیے گا ڈاکٹر! یہ اپنے آپے میں نہیں ہے! اسے ایک انتہائی تکلیف دہ سانحے سے دوچار ہونا پڑا ہے۔ اس کی بیوی نے خودکشی کرلی ــ شاید آپ نے اخبارات میں دیکھا ہو! ایوننگ نیوز نے یہ خبر بہت نمایاں طور پر شائع کی تھی۔"

"ہاں! میں سن چکی ہوں! مجھے یہ بھی معلوم ہے کہ مالتی آپ کی بھتیجی تھی!"

"گردور گڑبڑا سا گیا ــــ ہاں ہاں! میری بھتیجی تھی۔ مجھے بہت عزیز تھی میں بھی بہت اداس ہوں!"

"ہر موت اداس کرنے والی ہوتی ہے! پھر جوان موت!" کمار نے ٹکڑا لگایا۔

شیلا انھیں گھورتی رہی ــــ

"اس وقت آپ دونوں کی آمد کا مقصد؟" شیلا نے دوٹوک لہجے میں سوال کیا۔

"ہم نے سوچا آپ کو اس سانحے سے باخبر کردیں۔ مجھے معلوم ہے کہ مالتی کے لیے آپ کے دل میں ایک نرم گوشہ ہے! سوچا کہ شاید آپ تک کسی وجہ سے یہ خبر نہ پہنچی ہو۔ اس لیے ــــ!"

خبر پہنچانے کا شکریہ۔ "گڈ نائٹ!" شیلا نے دروازہ بند کرنا چاہا۔

"ارے رے رے۔ ذرا رکیے تو۔ یہ کون سا اخلاق ہے!" کمار جلدی سے بولا۔

"میں اس وقت خوش اخلاقی کا اظہار کرنے کے موڈ میں نہیں ہوں!"

"مگر ہماری ایک گزارش تو سن لیجیے۔ بہتر ہوگا کہ ہم بیٹھ کر باتیں کریں۔ یہاں ٹھنڈ بہت ہے!"

"اتنی سردی نہیں کہ آپ مر جائیں!" شیلا کے لہجے میں اکتاہٹ تھی۔

"لیکن ڈاکٹر! میں اس وقت ایک مریض کی حیثیت سے آیا ہوں۔ مجھے کل سے کھانسی کے دورے پڑ رہے ہیں!" کمار نے بن بن کر کھانسنا شروع کر دیا۔

"کلینک بند ہو چکا ہے۔ یوں بھی اس اداکاری کی ضرورت نہیں!"

شیلا کو یقین ہو چلا تھا کہ دونوں نشے میں ہیں۔

گروور نے گلا صاف کرنے کے بعد خوشامدانہ لہجے میں کہا۔ "آپ اس کی باتوں کا برا نہ مانیں ڈاکٹر! اس کا ذہن اس وقت جواب دے چکا ہے۔ ہم دونوں پر جو سانحہ گزرا ہے اس کا اثر ہم دونوں پر بہت گہرا ہے۔ اسی لیے تو ہم آپ کے پاس آئے۔ آپ مرنے والی کو بھی جانتی ہیں!"

"میں کیا کر سکتی ہوں!"

"مالتی کی آخری رسوم ادا کرنے کے سلسلے میں ہمیں کچھ روپوں کی ضرورت تھی۔ ہم نے سوچا — آپ دردمند خاتون ہیں۔ شاید آپ سے کچھ مل جائے!"

"کتنی رقم چاہیے؟"

"یہی کوئی دو ہزار روپے۔ بس اتنے میں کام چل جائے گا —!"

اتنی رقم میں تو تم دونوں کی رسوم بھی ادا کی جا سکتی ہیں!" شیلا منہ بنا کر بولی۔

"ہی ہی ہی ہی — آپ شاید مذاق کر رہی ہیں!" گروور نے کہا۔

"میں اتنی رقم نہیں دے سکتی۔ اس وقت میرے پاس نہیں ہے!"

گروور اور کمار چند لمحوں کے لیے خاموش رہے۔ پھر گروور نے نوکیلی آواز میں کہا — مگر آپ کسی دوست سے تو لے سکتی ہیں۔

"میرا کوئی دوست نہیں!"

ہے — ایک بہت خاص دوست — راجن —!" گروور نے

ایک آنکھ دباتے ہوئے کہا

شیلا کا پارا چڑھ گیا۔ وہ بری طرح پھٹ پڑی۔

"چلے جاؤ یہاں سے۔ فوراً نکل جاؤ!"

"چہ چہ ــــ ذرا مالتی کے بارے میں تو سوچیے ڈاکٹر!"

"مالتی سے میرا کوئی تعلق نہیں۔ میں کچھ نہیں کر سکتی۔ کچھ بھی نہیں!"

مگر مالتی کی موت کی ذمے دار تم ہو ــــ صرف تم ــــ" گروور کا لہجہ دھمکی آمیز تھا۔

"چلے جاؤ یہاں سے ــــ ورنہ!"

"ورنہ کیا؟ راجن صاحب کے پاس بے پناہ دولت ہے۔ وہ چاہیں تو آپ کے علاوہ بھی دو چار عورتوں کی ــــ"

جملہ ابھی پورا نہیں ہوا تھا کہ شیلا ہسٹیریائی انداز میں چیخی ــــ

"تم! ذلیل۔ کمینے ــــ لفنگے ــــ مجھے بلیک میل کرنا چاہتے ہو ــــ!"

"چلو کمار! چلیں!" گروور نے اس انداز سے کہا جیسے کوئی بات ہی نہیں ہوئی۔

"مگر روپے ابھی کہاں ملے ــــ"

"محترم خاتون معذور ہیں۔ تم نے سنا نہیں ان کے پاس یہ معمولی رقم بھی نہیں ہے اور اپنے دوست سے بھی ــــ"

"ٹھہر جاؤ!" شیلا ہاری ہوئی آواز میں بولی۔

دونوں نے غور سے اس طرف دیکھا۔

"شاید تم نے اپنا فیصلہ بدل دیا ہے ــــ کیوں؟ بس یہ رقم دے دو اور اطمینان رکھو ــــ ہم ــــ ہم برے لوگ نہیں ہیں ــــ!"

"نہیں! میں صرف یہ کہنا چاہتی ہوں کہ تم فوراً دفان ہو جاؤ۔ اب کبھی ادھر کا رخ نہ کرنا۔ جاؤ! ورنہ میں ابھی پولس کو فون کرتی ہوں ــــ!"

شیلا نے دروازہ بند کر لیا۔ پھر اس وقت تک اپنی پشت دروازے سے لگائے کھڑی رہی جب تک کر گرو ور اور کمار کے تلے جلے قدموں کی آوازیں دور ہوتے ہوتے ایک دم غائب نہیں ہو گئیں۔ اس نے لمبے لمبے سانس لیے۔ پھر فون کی طرف بڑھی۔

وہ قریبی پولس اسٹیشن کے نمبر ڈائل کر رہی تھی۔

"ہلو! پولس اسٹیشن!"

"یس، ڈاکٹر شیلا ماتھر ——— میں اپنی حفاظت چاہتی ہوں!"

"آپ کا پتا ———"

شیلا نے اپنا پتا بتا دیا۔ پھر رک رک کر بولی ——— "مجھے بلیک میل کیا جا رہا ہے۔ بہت خطرناک لوگ ہیں ——— نہیں ان کے خلاف میرے پاس کوئی ثبوت نہیں ——— جی ——— جی ہاں! ——— میں یہ بھی نہیں کہہ سکتی کہ مجھے کس لیے بلیک میل کیا جا رہا ہے ——— میں نے کوئی جرم نہیں کیا ——— کوئی گناہ نہیں کیا ——— بس ایک شادی شدہ آدمی سے محبت ———"

"اس کا نام!"

شیلا نے بغیر کچھ کہے ریسیور کریڈل پر پٹخ دیا۔ اس کے سارے بدن میں سوئیاں سی چبھ رہی تھیں۔ حواس قابو میں نہیں تھے، قوت فیصلہ جواب دے چکی تھی، وہ بار بار سوچ رہی کہ پولس کو فون کرنا چاہیے تھا یا نہیں ——— کہیں کوئی اور چکر نہ شروع ہو جائے۔

اس نے لباس تبدیل کرنے کی ضرورت بھی نہیں محسوس کی۔ جلدی جلدی اپنے بال سنوارے اور تقریباً بھاگتے ہوئے قدموں سے گیراج کی طرف بڑھ گئی۔

دریا کے کنارے دور دور تک سناٹا تھا۔

ریستوران کے کچھ کیبن روشن تھے۔ باہر برآمدے میں ایک کمزور سا بلب تھا جس سے بیمار سی روشنی نکل رہی تھی۔ کم روشنی کی وجہ سے اس جگہ اندھیرے کا احساس بڑھ گیا تھا۔

شیلا نے کاؤنٹر پر بیٹھے ہوئے لمبی مونچھوں والے شخص سے ایک فون کرنے کی اجازت طلب کی اور کافی کا آرڈر دیا۔ پھر وہ راجن کا نمبر ڈائل کرنے لگی۔

"میں یہاں تمھاری منتظر ہوں!" شیلا نے ریستوران کی تفصیل بتانے کے بعد کہا۔

"غالباً کچھ دیر پہلے بھی آپ نے فون کیا تھا محترمہ!" دوسری طرف سے راجن کی آواز آئی۔

"اُفّوہ! تم سمجھتے کیوں نہیں۔ میں اس وقت بڑی مصیبت میں ہوں! اس وقت مذاق بند کرو اور جلدی آجاؤ!" شیلا زچ ہونے کے انداز میں بولی

کوئی جواب نہیں ملا۔ اس نے پھر دل کو سمجھایا۔ ہونہ ہو اس کمرے میں رکھا ہو بڑھ رہے۔ خیر کچھ بھی ہو۔ تھوڑی دیر انتظار کرنا چاہیے یہ سوچ کر وہ برآمدے کے ایک سرے پر رکھی ہوئی میز پر جا بیٹھی۔ بیرا کافی لے آیا۔ وہ بڑی بے دلی کے ساتھ چسکیاں لینے لگی۔

ابھی دس منٹ گزرے تھے کہ ایک کار کی ہیڈ لائٹس دکھائی دیں۔ گاڑی ریستوران سے کچھ فاصلے پر رک گئی۔ گاڑی سے اترنے والے نے اپنے کاندھے سکوڑ رکھے تھے۔ چہرہ فیلٹ ہیٹ میں چھپا ہوا

تھا۔ پھر بھی اسے پہچاننے میں شیلا کو دشواری نہیں ہوئی۔ وہ راجن تھا۔

شیلا اپنی جگہ سے اٹھی اور اس کی طرف بڑھ گئی۔

"راجن!" اس نے دھیرے سے کہا۔

"یس ڈارلنگ!" راجن نے اپنا بازو اس کے کمر کے گرد پھیلا دیا۔

دونوں کا رُخ دریا کی سمت تھا۔

چلتے چلتے شیلا رک گئی۔ راجن بھی رک گیا۔ اور حیرت سے اس کی آنکھوں میں جھانکنے لگا۔ شیلا نے اس کے سینے میں اپنا چہرہ چھپا دیا۔ بہت جذباتی لہجے میں بولی — "راجن!"

"کیا بات ہے ڈارلنگ! تم اتنی پریشان کیوں ہو؟ میری مجبوری تم سمجھ گئی ہوگی!"

"ہاں!"

"آؤ! یہاں بیٹھتے ہیں!" راجن پتھر کی ایک بنچ کے قریب پہنچ کر رُک گیا۔

دونوں خاموش آنکھوں سے دریا کی لہروں کا جائزہ لینے لگے۔ پانی بہت دھیمی رفتار سے بہہ رہا تھا۔ جیسے اسے بھی آگے جانے سے ڈر لگ رہا ہو۔ دور کہیں ایک مرغابی کی چیخ سنائی دی۔ شیلا سہم گئی۔

"اب بتاؤ معاملہ کیا ہے؟" راجن شیلا کے بالوں کو چھیڑتا ہوا بولا۔

"میں ایک چکر میں پھنس گئی ہوں!"

"کیسا چکر؟"

"سمجھ میں نہیں آتا شروع کہاں سے کروں!"

"کہیں سے بھی شروع کر دو —!"

"میں بلیک میل کی جارہی ہوں!"

"کیوں؟"

"ایک آدمی ہمارے تعلقات کے بارے میں سب کچھ جان گیا ہے!"

"کون؟"

شیلا نے ساری کہانی سنا ڈالی۔ راجن فکر آمیز انداز میں دریا کی طرف دیکھتا رہا۔ دونوں کسی سوچ میں گم تھے۔

"تو اس لڑکی نے خودکشی کرلی!"

"ہاں! بظاہر — ویسے یہ قتل بھی ہو سکتا ہے!"

"تو اب — تم کیا کرنا چاہتی ہو!"

"یہی تو الجھن ہے۔ میں فیصلہ نہیں کر پا رہی ہوں، کبھی سوچتی ہوں کر کچھ دے دلا کر یہ قصہ ختم کردوں۔ انھوں نے جو رقم طلب کی ہے بہت معمولی ہے۔ لیکن کیا پتا کہ یہ صرف ابتدا ہو۔ ان کے مطالبات یہیں تو ختم ہونے سے رہے!"

"مگر یہ بزدلی ہے۔ تم ڈر رہی ہو نا؟"

"ہاں — شاید!"

"مگر کیوں؟"

"میں کیا بتاؤں —"

راجن کے چہرے پر اس نیم روشن ماحول میں بھی ناگواری کے تاثرات دیکھے جا سکتے تھے۔ وہ کچھ سوچتا رہا۔ پھر سختی سے بولا۔

"دیکھو! تم صرف اس لیے دو ہزار روپے برباد کرنا چاہتی ہو کہ اس لفنگے کا منہ بند ہو جائے۔ لیکن اس شہر میں کم سے کم ایک درجن افراد ہمارے تعلقات کے بارے جانتے ہیں۔ تم کس کس کا منہ بند کروگی! پھر ہم کوئی جرم تو نہیں کر رہے ہیں۔ میری سمجھ میں نہیں آتا

آفتاب جلالی

کر تم اتنی ڈرپوک کب سے ہوگئیں!"

"مالتی کے حشر نے مجھے سچ مچ بزدل بنا دیا ہے راجن! اس کا چہرہ ہر وقت میرے سامنے رہتا ہے!" شیلا کی آواز کپکپا رہی تھی۔

"کیا تمھیں سردی لگ رہی ہے؟"

"ہاں!" شیلا دریا کے دوسرے کنارے پر کھڑی چٹانوں کو گھورنے لگی۔

"یہ گرو ور رہتا کہاں ہے؟"

"ڈفرن روڈ —!"

"میں اس سے ملنا چاہتا ہوں۔ تم گھبراؤ مت۔ میں اُسے خاموش کر دوں گا!"

"نہیں نہیں — میں تمھاری جان خطرے میں نہیں ڈالنا چاہتی میں رقم دے دوں گی، اس کے بعد بھی —!"

"اوہ! تم سچ مچ خوفزدہ ہو۔ وہ معمولی اٹھائی گیرے قسم کے لوگ ہیں۔ ورنہ اتنی کم رقم سے شروعات نہ کرتے۔ خیر میں بھی ان کا سر کچل کر رکھ دوں گا۔ وہ ابھی راجن کو نہیں جانتے!"

"میں بھی تمھارے ساتھ چلوں گی۔ تمھیں تنہا نہ جانے دوں گی!"

"میں بچہ نہیں ہوں ڈارلنگ!" راجن طنزیہ مسکراہٹ کے ساتھ بولا۔ پھر اپنے بازو شیلا کے گلے میں حمائل کرتے ہوئے کہا —" یہ ہاتھ جو پیار کرنا جانتے ہیں۔ ضرورت پڑنے پر کسی کا گلا بھی گھونٹ سکتے ہیں۔ تم بہت معصوم ہو شیلا!"

"کچھ بھی ہو — میں تمھارے ساتھ چلوں گی!"

"ضد مت بنو — کیا کرو گی وہاں چل کر!"

"نہیں — میں تمھیں تنہا نہیں جانے دوں گی!"

راجن نے بالآخر خاموشی اختیار کرلی۔

"اب اٹھنا چاہیے!" اس نے دھیرے سے کہا۔ دونوں ریستوران کی طرف بڑھ گئے۔ شیلا نے کافی کا بل ادا کیا۔ ٹپ کے طور پر بیرے کو پچاس روپے کا ایک نوٹ تھمادیا۔ بیرے کے چہرے پر لمحے بھر کے لیے بے یقینی کی کیفیت نمودار ہوئی۔ شاید وہ سوچ رہا تھا — پانچ روپے کا بل اور پچاس روپے کا ٹپ — اس نے معنی خیز نظروں سے مسکراتے ہوئے دونوں کی طرف دیکھا۔

"ٹھیک ہے۔ اگر تم مصر ہو تو چلو!" راجن نے شیلا کی کار کا دروازہ کھولا۔ شیلا نے ڈرائیونگ سیٹ سنبھال لی۔

"میں بیس منٹ بعد پہنچوں گا!"

"بیس منٹ بعد کیوں؟"

"دفتر میں ایک فائل رہ گئی تھی۔ وہ اٹھانی ہے!"

"ٹھیک ہے — میں وہاں پہنچ کر تمھارا انتظار کروں گی!"

راجن الجھی الجھی نگاہوں سے شیلا کی طرف دیکھتا رہا۔ شیلا نے انجن اسٹارٹ کر دیا۔ اس کی گاڑی دھیرے دھیرے رینگنے لگی۔ اچانک راجن مڑا اور اپنی گاڑی کی طرف تیزی سے بڑھ گیا۔

الوداع

ڈفرن روڈ پہنچ کر شیلا نے کار پگوڈہ کی ایک عمارت کے سامنے روک دی جو لکڑی کی بنی ہوئی تھی۔ اس عمارت کی تمام کھڑکیاں شیشے کی تھیں۔ ان کے پردے سمٹے ہوئے تھے۔ اس لیے اندر کا پورا منظر صاف دکھائی دیتا تھا۔ غیر ارادی طور پر شیلا کی نگاہ اس طرف اٹھ گئی۔ ادھیڑ عمر کی ایک مغربی عورت اپنے دانت نکالے ہنس رہی تھی ایک نوجوان جوڑا والز ناچ رہا تھا۔

ابھی شیلا اس جگہ پہنچی ہی تھی کہ پیچھے سے راجن کی گاڑی بھی آکر وہیں رک گئی۔ اپنے وعدے کے مطابق وہ بالکل ٹھیک وقت پر وہاں پہنچا تھا۔ دونوں فٹ پاتھ پر ساتھ ساتھ چلنے لگے۔

”آفس سے تم نے فائل اٹھالی!“

”ہاں!“

شیلا کے سر میں ہلکا درد تھا۔ وہ کمزوری بھی محسوس کر رہی تھی۔ راجن کے بازو کا سہارا لیے بغیر اس کے لیے شاید چلنا دشوار ہوتا۔ اس کے پاؤں زمین پر بے ترتیبی سے پڑ رہے تھے۔ راجن نے اپنے بازو میں سمیٹ کر اسے اور قریب کر لیا۔ دونوں تقریباً ایک دوسرے

سے لپٹے ہوئے چل رہے تھے۔

گرو ور کا فلیٹ جس قدیم الوضع عمارت میں تھا وہ اندھیرے میں ڈوبی ہوئی تھی۔ باہر کا بلب فیوز ہو چکا تھا۔ اندر بھی کہیں روشنی نہیں تھی۔ ہو سکتا ہے بجلی ہی غائب ہو ـــــ یہ سوچ کر راجن نے دروازہ بھڑ بھڑایا۔ اس سے پہلے شیلا کال بیل کا بٹن دبا کر ہار چکی تھی۔

دروازہ کھلنے سے پہلے راجن نے ایک بار اپنی جیب ٹٹولی۔

"تمھاری جیب میں ریوالور ہے؟" شیلا چونک کر بولی۔

"ہاں! کیا تمھیں اس پر حیرت ہو رہی ہے؟"

"ہاں مجھے حیرت ہے ـــ اس کی ضرورت کیا تھی۔ راجن تم سمجھتے نہیں۔ یہ لوگ دھمکی میں آنے والے نہیں ہیں۔ گرو ور عادی مجرم معلوم ہوتا ہے!"

"جو بھی ہو ـــــ میں بھی اسے بتا دوں گا کہ میں کیا ہوں!"

"مجھے ریوالور سے نفرت ہے!" شیلا کی آواز بھرائی ہوئی تھی۔ "مجھے ہر اسلحہ سے نفرت ہے۔ مجھے لڑائی جھگڑے سے، جنگ سے، موت سے نفرت ہے!"

"یہ تقریر کسی اور وقت کے لیے اٹھا رکھو!" راجن نے طنزاً کہا اور اپنے شانے لاپروائی سے اچکا دیے۔ اتنے میں کچھ آہٹ سی محسوس ہوئی دونوں چونک گئے اور دروازے کی طرف دیکھنے لگے۔ مگر یہ آہٹ ایک بھوری بلی کی تھی۔ جس کی آنکھیں اندھیرے میں خوب چمک رہی تھیں۔

"شاید ہم اپنا وقت ضائع کر رہے ہیں۔ گھر میں کوئی نہیں!" راجن نے دروازے پر لگاتار دستک دینے کے بعد کہا۔

"کیوں نہ پچھلے حصّے کا دروازہ بھی دیکھ لیا جائے!" شیلا نے رائے دی۔

"اس کی کیا ضرورت ہے؟"

"یہاں گرووراور کمار کے علاوہ بھی کچھ لوگ رہتے ہیں۔ ایک بوڑھا اینگلو انڈین بھی ــــ کارمن نام ہے اس کا ــــ میں اس کے بارے میں تمھیں بتا چکی ہوں!"

راجن نے ایک طویل جماہی لی۔ اس کے چہرے سے اکتاہٹ مترشح تھی۔

شیلا کی نگاہیں اندھیرے میں بھٹک رہی تھیں۔ تھوڑی دیر بعد وہ دونوں تاریکی سے اتنے مانوس ہو چکے تھے کہ بلا ٹھوکر کھائے آسانی سے چلنے لگے۔ ہر شے دھندلی سی تھی۔ مگر پہچانی جا سکتی تھی۔ وہ دبے پاؤں عمارت کے پچھلے حصّے کی طرف گئے ــــ چمیلی کی کیاریاں مہک رہی تھیں۔ راستوں پر کوڑے کرکٹ کے ڈھیر جمع تھے ــــ پھٹے پُرانے اخبارات، ٹوٹی ہوئی بوتلیں، فرنیچر اور ایک گڑیا جس کا سر غائب تھا۔

"چلو! واپس چلیں! یہاں کوئی نہیں!" راجن نے کہا ــــ

"چلو!" شیلا نیم مردہ آواز میں بولی۔

ابھی وہ مڑے ہی تھے کہ ایک ساتھ دونوں چونک پڑے۔ کھڑکی سے کسی کے چیخنے کی مسلسل آوازیں نکل رہی تھیں۔ شیلا نے اچک کر دیکھا۔ یہ مسز گروور تھی ــــ

"بچاؤ! بچاؤ! مجھے نکالو یہاں سے!" وہ لگاتار چیخ رہی تھی۔

"ہم آرہے ہیں مسز گروور! ہم آرہے ہیں! گھبراؤ نہیں!" شیلا نے کپکپائی ہوئی آواز میں چلّا کر کہا۔

مسز گروور کی فریاد جاری رہی۔ سڑک سے گزرتے ہوئے دو

لڑکوں نے بھی پل بھر ٹھٹھک کر عمارت کی جانب دیکھا۔ پھر لاپروائی سے سر جھٹک کر آگے بڑھ گئے۔

عمارت کا عقبی دروازہ کھلا ملا۔ راجن اندر جانے کے بعد سوئچ بورڈ ٹٹولتا رہا۔ بالآخر تلاش کامیاب ہوئی۔ میٹر کا بنڈل کسی نے نیچے گرا دیا تھا۔ راجن نے اسے اٹھا دیا۔ اب جابجا روشنی ہو گئی تھی۔ سامنے ایک کمرہ تھا، کچن سے ملا ہوا۔ میز پر شراب کی خالی بوتلیں پڑی ہوئی تھیں۔ ایک پلیٹ میں آلو کے چند قتلے۔

مسز گرودور کی چیخوں کا سلسلہ ابھی ختم نہیں ہوا تھا جس کمرے میں وہ بند تھی اس کا دروازہ مقفل تھا۔ لیکن قفل کے سوراخ میں چابی موجود تھی۔

شیلا نے آگے بڑھ کر دروازہ کھولا۔ مسز گرودور پھٹی پھٹی آنکھوں سے اس کی طرف دیکھ رہی تھی اور اب چپ تھی۔ اس نے دونوں ہاتھوں سے اپنا سر پکڑ رکھا تھا اور فرش پر سامنے کی جانب پیر پھیلائے بیٹھی ہوئی تھی۔ اس کا لباس جگہ جگہ سے پھٹا ہوا تھا۔ جیسے باقاعدہ کسی کشمکش کا شکار ہوئی ہو۔ کمرے کے ایک کونے میں کینڈل اسٹینڈ تھا جس پر ایک پتلی سی سرخ موم بتی روشن تھی۔

"میں کچھ بھی نہیں جانتی! کچھ بھی نہیں جانتی۔ مجھے اس سے کوئی مطلب نہیں! خدا کے لیے مجھے غلط نہ سمجھو!" وہ شیلا اور راجن کو دیکھ کر پھر چیخنے لگی۔

"گھبراؤ نہیں مسز گرودور۔ ہم تمھارے ہمدرد ہیں!" شیلا نے اسے دلاسا دیا۔

"وہ چلے گئے مجھے چھوڑ کر۔ اپنے ساتھ نہیں لے گئے، نہ لے جائیں۔ انھوں نے مجھے مرنے کے لیے قید کر دیا تھا۔ میں گھٹ گھٹ کر مر جاتی

— اگر —!"

موم بتی کی لو کپکپانے لگی —

مسز گرودر نے پھر کہا — وہ کہہ رہے تھے کہ میں اپنی زبان بند نہیں رکھ سکتی۔ میں ہسٹیریا کی مریض ہوں — انھیں مجھ پر بھروسا نہیں تھا!"

" آخر بات کیا ہے؟ کچھ بتاؤ تو!" شیلا نے پھر کہا۔ راجن خاموش تھا۔

"میری کار میں تھوڑی سی برانڈی موجود ہے۔ میرا خیال ہے کہ مسز گرودر کو اس سے فائدہ پہنچے گا۔ ذرا لیتے آؤ!" شیلا نے کار کی چابی راجن کے حوالے کرتے ہوئے کہا۔ راجن باہر نکل گیا۔ مگر کچھ سوچ کر دوبارہ لوٹ آیا —

" کیا یہ مناسب ہو گا کہ تمھیں یہاں تنہا چھوڑ دوں!" اس کے چہرے پر فکرمندی کے آثار تھے۔

" ہاں ہاں! کوئی بات نہ ہو گی — گھبراؤ مت۔ مسز گرودر مجھے پہچانتی ہیں۔ پھر ہم ان کی مدد کے لیے آئے ہیں۔"

مسز گرودر سسکیاں لینے لگی — " تم کتنی اچھی ہو! کتنی رحم دل۔ میں نے تمھیں غلط سمجھا تھا۔"

اس کی آنکھوں سے آنسو رواں ہو گئے۔ شیلا اس کے سر پر بڑی شفقت سے ہاتھ پھیرنے لگی۔ راجن تیز تیز قدموں سے برانڈی کی بوتل لانے جا رہا تھا۔

مسز گرودر ساری کے پلّو سے آنسو خشک کرنے لگی۔ اس کا چہرہ سفید تھا۔ ہچکیوں کے دوران اس نے کہنا شروع کیا — " تم کتنی اچھی ہو! کتنی نیک — وہ مجھے اس جیل میں قید نہیں کر سکتے۔ میں مر جاؤں گی — دیکھ لو — میں کتنی بیمار ہوں!"

" ہاں! میں دیکھ رہی ہوں!"

"تم میرے چہرے سے اندازہ کر سکتی ہو! میں بہت بیمار ہوں۔ میں بہت جلد مر جاؤں گی!"

"یہ بات بیوقوفی کی ہے۔ تم زیادہ سے زیادہ آرام کرو۔ چند دلوں میں ٹھیک ہو جاؤ گی۔ میں تمھیں اسپتال لے چلوں گی!"

نہیں نہیں! اسپتال نہیں۔ میں آج تک اسپتال نہیں گئی۔! مسز گرودر کسی ننھی بچّی کی طرح ضد کرنے لگی۔

"اُفوہ!" شیلا نے زچ ہو کر کہا۔ "تمھیں میں اپنے نرسنگ ہوم میں داخل کر دوں گی! چلو میرے ساتھ میرے بازو تھام لو!"

مسز گرودر اس طرح ہانپ رہی تھی جیسے میلوں کا سفر کر کے آئی ہو۔ اس کی ہسٹریائی کیفیت اب ختم ہو چکی تھی۔ اس نے شیلا سے کہا۔ "یہ موم بتی بجھا دو!"

شیلا نے موم بتی بجھا دی۔ پھر سہارا دے کر اسے سیڑھیوں سے اتارا۔ اس کے بعد وہ جس کمرے میں آئی وہ غالباً نشست گاہ کے طور پر استعمال ہوتا تھا۔ ایک کرسی پر مسز گرودر کو بٹھا کر شیلا نے اس کے کاندھوں پر اپنی شال ڈال دی۔

"ہاں! اب بتاؤ۔ کیا بات ہے؟"

"میں کچھ نہیں جانتی!" مسز گرودر خوفزدہ لہجے میں بولی۔

شیلا نے ٹٹولتی ہوئی نظریں اس پر جما دیں۔

"تم بہت کچھ جانتی ہو۔ اگر تم نے مجھے نہیں بتایا تو میں تمھاری کوئی مدد نہیں کر سکوں گی!"

"وہ سب لڑ رہے تھے۔ ان میں کافی جھڑپ ہوئی تھی۔ شاید کسی پرس کے بارے میں!"

"وہ کون؟"

"کمار — اشوک اور وہ بوڑھا اینگلو انڈین —"

"ہاں کارمن؟" مسز گروور دروازے کی طرف دیکھتی ہوئی بولی۔

راجن ․برانڈی کی بوتل لے آیا۔ شیلا نے ایک آونس کے قریب تھوڑے سے پانی میں ملا کر گلاس مسز گروور کو تھما دیا —

"اسے پی جاؤ!"

مسز گروور نے ایک سانس میں گلاس خالی کر دیا۔

"ہاں تو وہ جھگڑا کر رہے تھے — پھر؟"

ایک بار پھر مسز گروور پر دورہ سا پڑ گیا "میں نہیں بتا سکتی — نہیں بتا سکتی — میں کچھ نہیں جانتی — اب مجھ سے کچھ نہ پوچھو!"

"کیا کوئی خاص بات ہو گئی؟"

ششش — شاید — وہ مر گیا —!

"کون؟"

"کارمن!"

"کیا انھوں نے قتل کیا تھا!"

"پتا نہیں — میں نے بس خون دیکھا تھا۔ خون — کمار کہہ رہا تھا۔ خون کے دھبّے صاف کر دینے چاہییں۔ اس وقت میری نظر ان سب پر پڑ گئی تھی۔ اشوک نے کہا تھا — یہ سب دیکھ کر میں نے خود کو مصیبت میں ڈال لیا ہے۔ اب ہمیشہ کے لیے خاموش کر دی جاؤں گی! میرے خدا — میں کتنی بدنصیب ہوں" مسز اشوک گروور اب باقاعدہ رو رہی تھی —

راجن یہ منظر دیکھ کر باہر نکل گیا۔ اس کے چہرے سے شدید اکتاہٹ نمایاں تھی۔

"تم یہ کس طرح کہہ سکتی ہو کہ کارمن مر گیا —" شیلا نے پوچھا۔

"اس سناٹے کی وجہ سے ___ پہلے تو وہ لڑ رہے تھے۔ پھر خاموشی چھا گئی تھی۔ اشوک نے مجھ سے کہا تھا کہ وہ کمار کے ساتھ کہیں جا رہا ہے۔"

"کہاں؟"

"مجھے کیا معلوم ___ باہر شاید کوئی گاڑی موجود تھی۔ میں نے انجن اسٹارٹ ہونے کی آواز سنی تھی۔ مجھے ان دونوں نے آکر اس کمرے میں بند نہ کر دیا ہوتا تو میں اچھی طرح دیکھ لیتی۔ میرا خیال ہے کہ وہ کارمن کی لاش بھی اپنے ساتھ لے گئے ___!"

"ہوں!" شیلا پُرخیال انداز میں بولی

مسز گروور نے ہانپتے ہوئے کہا ___ "میں بہت تھکی ہوئی ہوں ڈاکٹر!"

"پھر تم اسپتال سے کیوں ڈرتی ہو۔ وہاں تمھارا باقاعدہ علاج ہو جائے گا اور تم محفوظ بھی رہو گی۔ میں تمھیں اپنے نرسنگ ہوم میں بھی لے چل سکتی ہوں۔ لیکن اس سے بہتر یہ ہو گا کہ تمھیں سرکاری اسپتال میں داخل کرا دوں ___!"

مسز گروور نے نہ تو انکار کیا نہ اقرار۔ ایسا لگتا تھا کہ وہ خود کو شیلا کی مرضی کے حوالے کر چکی ہے۔ خود اس میں کوئی فیصلہ کرنے کی طاقت باقی نہیں رہی ___ اس کمرے میں ایک طرف فون موجود تھا۔ شیلا نے جلدی جلدی نمبر ڈائل کیے۔ مسز گروور کے سلسلے میں چند ہدایات دیں۔ پھر اس نے دروازہ سے باہر جھانکا۔

راجن پتھر کی سیڑھی پر بیٹھا سگریٹ کے دھیمے دھیمے کش لے رہا تھا۔

شیلا کو دیکھ کر اس نے سوالیہ انداز میں اپنی نگاہیں اوپر اٹھائیں۔

"تم اپنی گاڑی سے مسز گروور کو اسپتال تک پہنچا دو!"

"مگر کیوں؟ آخر اس دردسری کی ضرورت کیا ہے؟"

"تم اسپتال جاؤ — میں پولس ہیڈکوارٹرز کی طرف جاتی ہوں۔ یہاں ایک قتل ہوگیا ہے —!"

راجن کے چہرے سے خوف جھلکنے لگا۔ وہ پریشان نظروں سے شیلا کی طرف دیکھ رہا تھا۔

"میں تمھیں اس قصّے سے الگ رکھنا چاہتی ہوں۔ میں نہیں چاہتی کہ تم منظرِعام پر آؤ۔ اس وقت میں پولیس کو یہی بیان دوں گی کہ مسز گرو ور کے یہاں میں تنہا پہنچی تھی۔ وہاں اسے ایک کمرے میں مقید دیکھا۔ اس پر دورے پڑ رہے تھے۔ پھر میں نے ایک دوست کو بلا کر مسز گرو ور کو اسپتال بھجوادیا۔"

"اور اگر مسز گرو ور نے اس کہانی کی تردید کردی تب؟"

"وہ اپنے ہوش میں نہیں۔ اس کی حالت میں اچھی طرح سمجھ سکتی ہوں اچھا تو تم اسے لے کر اسپتال جاؤ۔ میں نے فون کر دیا ہے۔ اس کی حفاظت کے لیے بھی یہ اقدام ضروری ہے۔ ہوسکتا ہے اس طرح ہم ان برے لوگوں سے بھی نپٹ سکیں جو مجھے بلیک میل کرنا چاہتے ہیں!"

راجن کی آنکھوں سے الجھن کے آثار نمایاں تھے۔ اسے شاید غصہ بھی آرہا تھا۔

شیلا اب مسز گرو ور کے پاس آئی —

"تمھیں اسپتال جانا ہے!"

"میں نہیں جاؤں گی۔ نہیں جاؤں گی!"

"ڈرو مت۔ کل صبح میں اسپتال میں تم سے ملوں گی۔ گھبراؤ نہیں!"

راجن اپنی گاڑی عمارت کے ٹھیک سامنے لے آیا۔ دونوں نے سہارا دے کر مسز گرو ور کو پچھلی سیٹ پر ڈال دیا۔

مسز گرو ور پھر رو رہی تھی۔ اس نے چہرہ ہاتھوں میں چھپالیا

تھا۔ اور بار بار کہہ رہی تھی — الوداع — الوداع — الوداع —!

○

راجن کی کار نظروں سے اوجھل ہوگئی تو اس نے سڑک پر کھڑے کھڑے آنکھیں بند کر کے ایک طویل سانس لی۔ ہوا میں چمبیلی کے پھولوں کی مہک رچی ہوئی تھی۔ اس نے دھیرے سے کہا —

"الوداع — الوداع — الوداع —!"

پھر اپنی کار کی طرف بڑھی۔ لیکن اس کا رخ پولس ہیڈ کوارٹرز کی طرف نہیں تھا۔

گھر پہنچ کر اس نے جلدی جلدی سرخ وائن کے چند گھونٹ لیے پھر کرسی سے سر ٹکا کر بیٹھ گئی۔ وہ آنے والے دنوں کے بارے میں سوچ رہی تھی اور ان دنوں کے بارے میں بھی جو گزر چکے تھے۔ اب اسے ایک حد تک اطمینان سا ہو چلا تھا۔ اس نے فون کی طرف ہاتھ بڑھایا

بہت دیر تک لائن نہیں مل سکی۔ شاید وہ کسی سے گفتگو میں مصروف تھا۔ لیکن کئی بار کی مسلسل کوشش کے بعد بالآخر لائن مل گئی۔

"ہلو — رازی اسپیکنگ!"

شیلا کو ایسا لگا کہ یہ آواز اس کے رگ و پے میں ایک برقی رو کی طرح دوڑنے لگی ہے۔ اس کا حلق خشک ہونے لگا۔

"میں شیلا ہوں!" ڈاکٹر شیلا ماتھر!" وہ پھنسی پھنسی آواز میں بولی۔ "شاید تمھیں یاد ہو!"

"ابھی میں عمر کی اس منزل تک نہیں پہنچا ہوں کہ حافظ جواب دے جائے۔ پھر دلکش خواتین کے نام تو میرے ذہن سے چپک جاتے ہیں! کہو ڈاکٹر! کیسی ہو!"

"کیا تم مجھ سے ابھی مل سکتے ہو!"

"ابھی! رات کے اس موڑ پر —— جب چاند مشرقی افق کی دیوار سے جھانک رہا ہے اور ستارے کسی نو بیاہتا دلھن کی اوڑھنی ——!"

"بکواس مت کرو!"

"آخر معاملہ کیا ہے؟"

"ایک واردات! میں اپنی آنکھوں سے دیکھ کر آئی ہوں! مجھ میں اتنی ہمت نہیں تھی کے تنہا رک سکوں! تم آجاؤ! پھر ہم ساتھ چلیں گے ——!"

"افق کے اس پار جہاں ظالم زمانہ وغیرہ وغیرہ!"

"تم پھر بکواس کرنے لگے!"

"اصل میں نیند طاری ہے۔ ایسے لمحوں میں ذہن بے لگام ہو جاتا ہے!"

"لیکن میں تمھیں بلا رہی ہوں!"

"اچھا —— میرا انتظار کرو!"

دوسری طرف سے سلسلہ منقطع کر دیا گیا۔

رازی دس منٹ کے اندر وہاں پہنچ چکا تھا ——

"ہم الگ الگ گاڑیوں میں چلیں گے! تم میرے پیچھے پیچھے آؤ!" شیلا نے اسے دیکھتے ہی کہا۔ وہ اپنی گاڑی گیٹ سے باہر نکال چکی تھی۔

"مگر کہاں؟"

"ڈفرن روڈ!"

شیلا نے اپنی کار کا انجن اسٹارٹ کیا۔ رازی اس کے پیچھے پیچھے ڈرائیو کر رہا تھا۔ دونوں گاڑیوں کے درمیان فاصلہ اتنا تھا کہ کسی کو تعاقب کا گمان نہ ہو!

اس عمارت کے سامنے پہنچ کر شیلا نے اپنی کار کا انجن بند کر دیا۔ دو تین سکنڈ کے بعد رازی نے بھی اپنی گاڑی کو بریک لگائے۔ انجن بند کیا اور باہر نکل آیا۔

"بات کیا ہے؟" رازی گرد و پیش پر نظریں جمائے ہوئے چل رہا تھا۔

"شاید کارمن قتل کر دیا گیا —"

"تو تم نے ہیڈ کوارٹرز کو اطلاع کیوں نہیں دی؟"

"میں چاہتی تھی کہ پہلے تم کو بتا دوں!"

"آخر کیوں؟"

"بس یونہی — کچھ لوگ ایسے بھی ہوتے ہیں جن پر بھروسا کرنے کا جی چاہتا ہے!"

رازی نے کوئی جواب نہیں دیا۔ دونوں ساتھ ساتھ چلتے رہے۔ ایک فلیٹ کے سامنے پہنچ کر شیلا رک گئی —

"یہاں مالتی رہا کرتی تھی! تم یہاں کیوں آئی تھیں! میرا مطلب ہے کہ مجھے فون کرنے سے پہلے یہاں تمھاری آمد کا مقصد؟" رازی گہری نظروں سے اس کی طرف دیکھ رہا تھا۔

شیلا اس سوال کے لیے شاید تیار نہیں تھی۔ مگر جلد ہی اس نے خود کو سنبھال لیا۔ دھیرے سے مسکرائی۔ پھر کہا —

"میں یہاں صرف یہ دیکھنے کے لیے آئی تھی کہ مالتی کے عزیزوں کی کچھ مدد کر سکتی ہوں!"

"بہت اچھے!" رازی کا لہجہ طنز آمیز تھا —" اس وقت رات کے گیارہ بج رہے ہیں۔ تمھارے دل میں دوسروں کے لیے نیک جذبات اسی وقت پیدا ہوتے ہیں؟"

شیلا جھنجھلا گئی —" میں نے تمھیں اس لیے نہیں بلایا تھا کہ میرا مذاق

اڑاؤ!"

"واقعی؟ پھر کس لیے؟" رازی کے ہونٹوں پر ایک شریر مسکراہٹ تھی۔

"ہاں! مجھ پر یقین کرو!"

"پھر تم جھوٹ کیوں بول رہی ہو!"

"میں جھوٹی ہوں!" شیلا بپھر گئی۔

"ڈاکٹر — ذرا عقل مندوں جیسی باتیں کرو! تم نے یہ جھگڑے بلاوجہ تو نہیں پالے ہوں گے۔ تم بے وقوف نہیں ہو! تم سے پہلی ملاقات کے بعد میں خاصا مرعوب ہوا تھا!"

"کیوں؟"

"اس لیے کہ تمھاری شکل میری ایک خالہ زاد بہن سے بہت ملتی ہے!"

شیلا کے چہرے پر اُداسی چھا گئی —

"کسی زمانے میں میرا دل اس پر آگیا تھا!"

شیلا کا چہرہ ایک بار پھر چمک اٹھا۔

"اس وقت میری عمر مشکل سے دس برس رہی ہو گی!" رازی نے بہت سنجیدگی سے کہا۔

"تم بہت شریر ہو! تمھیں سمجھنا آسان نہیں!"

"آداب عرض!"

"میں ابھی تک یہ فیصلہ نہیں کر سکی کہ تم پر اعتماد کروں یا نہیں!"

"کوشش جاری رکھو — اور سچ بولنے کی عادت ڈالو!"

شیلا نے دھیرے سے کہا —

"گرودر مجھے بلیک میل کرنا چاہتا تھا!"

"کس لیے؟"

"اسے میری ذاتی زندگی کے بارے میں چند ایسی باتیں معلوم ہیں جن کا

طشت از بام ہونا مجھے پسند نہیں!"

کوئی معاشقہ!

"ہاں!"

"شادی شدہ!"

"ہاں — مگر تمھیں کیسے معلوم ہوا؟"

"کشف!" رازی سنجیدگی سے بولا۔ پھر پوچھا — کتنی رقم طلب کی تھی!

"دو ہزار روپے!"

"لاحول ولا —"

"یہ تم کیا کہہ رہے ہو؟"

کوئی اچکا ہوگا، تھرڈ کلاس قسم کا۔ جرائم کی دنیا میں قدم رکھنے والے نوجوان طالب علموں کا آغاز بھی اتنا حوصلہ شکن نہیں ہوتا!"

"کچھ بھی ہو! انھوں نے یہی مطالبہ کیا تھا!"

"بھوکے رہے ہوں گے! ایک وقت کے کھانے کا سوال —"

"بکو مت! میں یہ رقم بھی نہیں دینا چاہتی۔ اس آدمی سے میرے تعلقات ایسے نہیں جو تم سوچ رہے ہو —"

"ہاں ہاں کیوں نہیں؟ ہمیں اپنے مہان دیش کی عورتوں پر فخر ہے!"

شیلا برا سا منہ بنا کر رہ گئی۔

"ٹھیک ہے — تو تم گرو ور کو دیکھنے آئی تھیں — پھر؟"

"میں نے دروازے پر دستک دی۔ کوئی جواب نہیں ملا۔ مسز گرو ور ایک کمرے میں قید تھی۔ اس نے ہمیں متوجہ کرنے کے لیے کھڑکی کا شیشہ توڑ دیا!"

"ہمیں؟"

"مجھے —!"

رازی مسکرانے لگا۔ اتنے میں وہی پالتو بھوری بلّی نظر آئی۔ وہ گز بھر کے فاصلے پر رک گئی تھی۔ سبز بٹن جیسی آنکھیں شیلا پر جمی ہوئی تھیں۔ اس کے دونوں پنجے خون میں لتھڑے ہوئے تھے —

رازی نے غور سے اس کی جانب دیکھا۔ پھر تقریباً دوڑتا ہوا باہر نکل گیا۔ واپس لوٹا تو اس کے ہاتھ میں ایک فلیش لائٹ تھی۔ اس نے ٹارچ کا بٹن دبایا۔ روشنی کا ایک دائرہ گردش کرنے لگا۔ اس دائرے کے ساتھ ساتھ دونوں کی نگاہیں بھی اِدھر اُدھر گھوم رہی تھیں۔ دفعتاً شیلا اس طرح اچھلی جیسے بجلی کا شاک لگ گیا ہو —

"وہ — وہ —!" اس کے حلق سے پھنسی پھنسی آواز نکلی۔

وارڈروب کے پیچھے سے دو پیر جھانک رہے تھے۔ رازی تیزی سے اس طرف بڑھا اور جھک کر دیکھنے لگا۔ یہ کارمن کی لاش تھی۔ وہ پشت کے بل پڑا ہوا تھا۔ آنکھیں پتھرا گئیں تھیں۔ چہرے پر خوف اور اذیت کے آثار تھے۔

رازی نے جیب سے رومال نکالا۔ بہت احتیاط سے کارمن کا ایک ہاتھ رومال میں لپیٹ کر اوپر اٹھایا۔ کارمن کی انگلیاں سخت اور ٹھنڈی تھیں۔

"موت کے وقت کا اندازہ لگانا مشکل ہے!" اس نے بھرائی ہوئی آواز میں کہا۔

"مسز گرودر بتا سکتی ہے۔ اس نے ان سب کو جھگڑتے ہوئے دیکھا تھا۔"

"کیسا جھگڑا!"

"شاید کسی پیپ — پرس کے بارے میں!" شیلا رک رک کر بولی۔

خوب! تو ہر سلسلہ بالآخر تم تک پہنچتا ہے! شاعر نے کیا خوب کہا ہے۔

" ذکر جب چھڑ گیا قیامت کا
بات پہنچی تری جوانی تک "

" کیا کہنا چاہتے ہو تم!"

" کیا عجب کہ وہ پرس تمھارا رہا ہو! خیر — مسز گروور اب کہاں ہے!"

"میں نے اسے سول اسپتال بھیج دیا — وہ بیمار ہے!"

" اشوک گروور اور کمار؟"

" مسز گروور کے بیان کے مطابق دونوں ساتھ ساتھ کہیں گئے۔"

کارمن پھر لاش کی طرف دیکھنے لگا۔

" نہ تو کہیں زخم کا نشان ہے۔ نہ کپڑے پھٹے ہوئے۔ سارا خون ناک اور منہ سے نکلا ہے!"

" ہاں!"

" ارے!" رازی چونک پڑا — کارمن کے بائیں ہاتھ کے پاس ہی شیلا کا پرس پڑا ہوا تھا۔

" یہ پرس تمھارا ہے؟" رازی نے اس کی آنکھوں جھانکتے ہوئے کہا۔

" ہاں!" شیلا کے چہرے پر مردنی چھا گئی۔ اس نے پرس اٹھانا چاہا۔

" تم سوائے میرے کسی چیز کو ہاتھ مت لگانا — میں ذرا ہیڈکوارٹرز فون کر دوں فنگر پرنٹس سیکشن کے لوگوں کو طلب کرنا ہے۔"

رازی کمرے سے باہر نکل گیا۔

شیلا پھٹی پھٹی نظروں سے لاش کی طرف دیکھ رہی تھی۔

آفتاب جلالی

زندہ لاش

راز ی نے شالنی کی ہتھیلی پکڑ رکھی تھی اور پُر خیال انداز میں لکیروں کا جائزہ لے رہا تھا

"یہ کیا ہو رہا ہے ؟" شیلا نے کمرے میں داخل ہوتے ہوئے دونوں کو گھور کر دیکھا۔

"تم چاہو تو تمھارا ہاتھ بھی دیکھ دوں !"

"اوہ ڈاکٹر ! مسٹر رازی ہاتھ کی لکیروں کے بارے میں بہت کچھ جانتے ہیں !"

"ہو گا !" شیلا نے لاپروائی سے شانے اُچکائے۔

اتنے میں فون کی گھنٹی بجی۔ شالنی اپنا ہاتھ چھڑا کر تیزی سے باہر نکل گئی۔

"تم نے لنچ کھا لیا !" رازی نے شیلا سے پوچھا۔

"نہیں !"

"پھر ہم باہر چلتے ہیں !"

"کہاں ؟"

"اوڈین میں ـــ"

شیلا نے انکار کرنا چاہا۔ مگر نہیں کر سکی۔ نہ جانے کیوں رازی کی موجودگی میں اس کی خود اعتمادی بالکل ہوا ہو جاتی تھی۔ وہ چپ چاپ رازی کے ساتھ کلینک سے باہر نکلی اور اس کے بغل کی سیٹ پر بیٹھ گئی۔

رازی کی گاڑی اوڈین کی طرف رواں تھی۔

یہ جدید طرز کا ایک شاندار ریستوران تھا۔ شہر کے عین وسط میں۔ آس پاس مرکزی حکومت کے کئی دفاتر تھے۔ دونوں اندر داخل ہوئے تو ایک ساتھ کئی نگاہیں ان کی جانب اٹھیں۔ لڑکیوں اور عورتوں میں کھسر پسر ہونے لگی۔ رازی کا چہرہ بہتوں کے لیے مانوس تھا۔

اس ریستوران میں شوقین مزاج افراد کی بھیڑ جمع رہتی تھی۔ شاید اس لیے کہ یہاں سروس کا کام اسمارٹ لڑکیاں انجام دیتی تھیں۔

شیلا اور رازی کونے کی ایک میز منتخب کر کے بیٹھ گئے۔

ایک ویٹرس نے مینو کارڈ ان کی طرف بڑھاتے ہوئے کہا —

"یس مادام"

"آملیٹ اور گرین سلاد!" شیلا نے مختصر سا آرڈر دیا۔ رازی نے اپنے لیے کٹلٹس کا اضافہ اور کر دیا۔

ویٹرس نے اپنی بھاری پلکیں اوپر اٹھائیں۔ اس کی آنکھیں گھنے جنگلوں کی طرح گہری اور خوابناک تھیں۔ دھیرے سے مسکراتی ہوئی وہ کچن کاونٹر کی سمت بڑھ گئی۔ اس کے کولھے تندرست اور ابھرے ہوئے تھے۔ چلتی اس طرح تھی گویا ہواؤں میں پرواز کر رہی ہو۔

رازی نے اپنے بیگ سے کچھ کاغذات اور چند تصویریں نکال کر

میز پر پھیلا دیں۔

"آخر اس کھڑاگ کا مقصد؟" شیلا نے سوال کیا۔

"میں تو سمجھتا تھا کہ تم اس میں دلچسپی لوگی!" رازی مسکرانے لگا شیلا کی بھویں تن گئیں۔ رازی کی مسکراہٹ اسے زہر لگتی تھی یوں محسوس ہوتا تھا جیسے مستقل مذاق اڑا رہا ہو۔

"کہیں یہ میرے لیے کوئی جال تو تیار نہیں کر رہا ہے"— شیلا نے دل میں سوچا۔ پھر بے دلی سے سامنے کی دیوار کو تکنے لگی۔

"مالتی قتل نہیں کی گئی — اس نے خودکشی کی تھی —" رازی بولا

"کیوں؟"

رازی نے بغیر جواب دیے ایک تصویر اس کے آگے سرکا دی۔ تصویر مالتی کی تھی۔ اس مالتی سے بہت مختلف جسے شیلا نے چند روز قبل دیکھا تھا۔ یہ مالتی آسانی سے پہچانی بھی نہیں جا سکتی تھی۔ آنکھوں میں دہشت بھری ہوئی تھی۔ چہرے کا نچلا حصہ سفید جھاگ سے ڈھکا ہوا تھا۔

رازی ایک ٹک شیلا کی طرف دیکھ رہا تھا۔ چند لمحے وہاں خاموشی چھائی رہی۔ شیلا کے چہرے پر خوف کے آثار تھے۔

"میں جانتا ہوں کہ تم ڈاکٹر ہو — مگر یہ نہیں جانتا کہ تم نے ڈوب کر موت کے گھاٹ اترنے والی کتنی لاشیں دیکھی ہیں!"

"تم میرا مذاق اڑا رہے ہو!" شیلا الجھ گئی۔

"یہ جھاگ —" رازی اس کے غصے کو نظر انداز کرتے ہوئے بولا۔ "ڈوب کر مرنے کی علامت ہے۔ اگر پانی میں جانے سے پہلے وہ مر چکی تھی تو یہ جھاگ نظر نہ آتا۔ اس نے سانسیں لینے کی جد جہد کی ہوگی۔ نتھنوں اور حلق کے راستے بہت سا پانی اندر چلا گیا ہوگا — پھر اس

کا منہ کھلا ہوا ہے۔ اس سے بھی خودکشی ثابت ہوتی ہے۔
"ہاں! تم ٹھیک کہتے ہو!" شیلا نرم لہجے میں بولی۔
"دیکھا نا! میں تو پہلے ہی سمجھ رہا تھا کہ تم خاصی کم عقل ہو! اتنی جلد میری باتوں میں آگئیں! رازی کے چہرے پر ایک بار پھر دبی مسکراہٹ تھی جو شیلا کی کھوپڑی گرم کر دیتی تھی۔
"کیا مطلب؟" وہ غصے میں پھنکاری۔
"مطلب یہ ہے ڈیر کہ مالتی کو زبردستی ڈبویا گیا ہے!"
"یہ تم کیسے کہہ سکتے ہو؟"
"بس وہی علم نجوم! بہت جلد تصدیق ہو جائے گی!" یہ کہتے ہوئے رازی نے ایک اور تصویر اس کے آگے سرکا دی۔
"کچھ سمجھ میں آیا؟"
شیلا گم سم بیٹھی رہی۔
"یہ تصویر مالتی کی گردن کے پچھلے حصے کا کلوز اپ ہے! دیکھو یہ پٹیاں سی۔ صاف لگتا ہے کہ کسی مضبوط ہاتھ کی انگلیاں اس وقت تک گردن کو دبوچے رہیں جب تک کہ جان نہیں نکل گئی!"
شیلا نے آنکھیں ایک لمحے کے لیے بند کر لیں۔
"اور یہ تصویر بھی دیکھو۔ مالتی کے بائیں ہاتھ کی۔ داہنا ہاتھ غائب تھا۔ مچھلیوں کی نذر ہو گیا ہو گا۔"
"تمھارے پاس اس بات کا کیا ثبوت ہے کہ یہ تصویر بائیں ہاتھ کی ہے؟"
"رازی طنز آمیز انداز میں مسکرایا — پھر وہی بے وقوفی کی بات۔ تم شادی کی انگوٹھی نہیں دیکھ رہی ہو!"
"شادی کی انگوٹھی" شیلا خوابناک لہجے میں بولی ——

"پلیز رازی! اب میں کوئی تصویر نہیں دیکھنا چاہتی۔"

"اوہ! سوری!" رازی نے ساری تصویریں اور کاغذات سمیٹ کر بیگ میں ڈال لیے ۔۔ "اب تک ہم صرف موت کی باتیں کرتے رہے ہیں۔ اچھا اب یہ موضوع بند!"

شیلا کی اداسی برقرار تھی۔

رازی نے اس کا موڈ بدلنا چاہا ۔۔ "آؤ اب کچھ اور باتیں کی جائیں یہ بتاؤ ۔۔ تم بیگن کا بھرتا بنا لیتی ہو یا نہیں ۔۔ اچھا میں تمھیں پکوانوں کی ترکیب بتاتا ہوں ۔۔ قیمہ بھرے کریلوں کی ترکیب ۔۔!"

"بکواس کی عادت چھوڑ دو ۔۔!"

"ہمارے عہد کا المیہ یہ ہے کہ لوگ بس کام کی باتیں کرنا پسند کرتے ہیں ۔۔ کاروباری باتیں ۔۔ ایک دوسرے کی ذات سے دلچسپی نہیں رکھتے!"

"یہ نہ بھولو کہ ہمارے تعلقات ذاتی نہیں ہیں!"

"ارے! میں تو اب تک اسی دھوکے میں تھا!" رازی چونک کر بولا ۔۔ "کیا تم کوئی پکچر دیکھنا پسند کرو گی!"

"اگر وقت مل گیا ۔۔!"

"دوسرا المیہ" ۔۔ رازی جلدی سے بولا ۔۔ لوگوں کے پاس وقت نہیں ہے ۔۔ خیر! کیا تم میرے ساتھ چلو گی؟"

"کہہ نہیں سکتی!"

"کیوں؟"

"میرے خیال میں تمھارے ساتھ نہیں جانا چاہیے مجھے!"

اوہ! تم راجن کے ساتھ واقعی مخلص ہو۔

"تم کیا کہنا چاہتے ہو؟"

میری فورس رات دن حرکت میں رہتی ہے۔ تمھیں راجن کے خطوط

کے سلسلے میں ہوشیار رہنا چاہیے!"
"خطوط؟" شیلا کی پیشانی پر پسینے کی ننھی ننھی بوندیں پھیل گئیں۔
رازی نے جیب سے ایک لفافہ نکال کر میز پر رکھ دیا ــــ "یہ اس پرس میں تھا جو کل رات ملا تھا۔" پھر چہرے پر مصنوعی سنجیدگی طاری کرتے ہوئے مؤدبانہ لہجے میں بولا ــــ "اسے قبول کیجیے محترم خاتون! نیک ترین خواہشات کے ساتھ ــــ!"
یہ اکیلا خط تھا جو راجن نے شیلا کو لکھا تھا ــــ شیلا نے اسے پرس میں رکھتے وقت یہ خواب میں بھی نہ سوچا ہوگا کہ پرس غائب ہو جائے گا۔
رازی کو پورا خط لفظ بہ لفظ یاد تھا ــــ
"شیلا ڈارلنگ! تمھارے بغیر کتنی بے کیفی ہے۔ سب کچھ اداس اور بے رنگ ــــ میں تمھارے بغیر ــــ" شیلا نے خط کے پرزے پرزے کر ڈالے ــــ
"تم سچ مچ کم عقل ہو ــــ اتنا بھی نہیں سوچ سکتیں کہ میں اگر تمھارے ساتھ مخلص نہ ہوتا تو اس خط کی فوٹو کاپی اپنے پاس محفوظ کر سکتا تھا۔ کیا پتا کہ میں نے یہی کیا ہو!"
"تم مکار ہو!"
"اپنے خیال میں تو بہت سیدھا سادہ انسان ہوں ــــ شاید اسی لیے راجن سے رقابت محسوس ہو رہی ہے۔"
شیلا نے کوئی جواب نہیں دیا۔ رازی پھر بولا ــــ "ویسے یہ اچھی بات نہیں۔ تم ایک عورت کے شوہر سے کھیل رہی ہو ــــ عورت کا انتقام ــــ"
"یہ میرا ذاتی معاملہ ہے!" شیلا اس کی بات کاٹ کر بولی۔
"اچھا بس اتنا بتا دو کہ راجن نے یہ سب کیا کیسے؟"
"کیا؟"

"تم اس کی کن اداؤں پر ریجھ گئیں — مالتی تو نو عمر لڑکی تھی — ناتجربہ کار — کسی کی باتوں میں آگئی — مگر تم —"

"اب تم میری توہین کر رہے ہو!"

"میں تو تمھاری تعریف کرنا چاہتا تھا — تم غیر معمولی طور پر پرکشش ہو!"

ویٹرس کافی لے آئی۔ رازی نے موضوع بدل دیا۔

"انھوں نے" رازی کہہ رہا تھا — "بوڑھے کارمن کو خوب شراب پلائی۔ اور پرس کے بارے میں باتیں کرتے رہے — وہ پرس غالباً کارمن کے ہاتھ لگ گیا تھا —!"

ویٹرس کافی رکھ کر جا چکی تھی۔

رازی نے یکبارگی پوچھا — وہ آدمی کون تھا جس سے مالتی —"

"میں نہیں جانتی — بھلا میں کیسے جان سکتی ہوں!"

"ممکن ہے مالتی نے تم سے بتایا ہو!"

"اس نے مجھے صرف اتنا بتایا تھا کہ وہ آدمی شادی شدہ ہے اور اس رات وہ اس سے ملنا چاہتی تھی!"

"میں اس سے ملنا چاہوں گا!"

کچھ دیر خاموشی چھائی رہی۔ رازی نے پھر کہا — "مالتی کا قتل کسی ایسے شخص کی حرکت ہے جس پر اسے بھروسا رہا ہو۔ یہ گرودر نہیں ہو سکتا کیونکہ اس کے لیے کوئی سبب سامنے نہیں ہے۔ یہ اس کا شوہر کمار بھی نہیں ہو سکتا — کیونکہ وہ اس سے خائف تھی اور اسے ناپسند کرتی تھی —"

"پھر کون ؟"

"کوئی بھی جس کی باتوں میں وہ بآسانی آسکتی ہو —!"

"مثلاً!"

"مثال کے طور پر خود تم ـــ!"

شیلا اپنی جگہ بیٹھے بیٹھے کانپ کر رہ گئی ـــ اس کے چہرے پر غبار سا چھا گیا تھا۔

"میرے شبہے کے دائرے میں تم بھی ہو ـــ مالتی کے پرس میں ایک کارڈ پر تمھارا نام اور پتا موجود تھا۔"

"میں اس کے سوا اور کیا کہہ سکتی ہوں کہ مالتی کو مرنے کی ہدایت میں نے نہیں دی تھی۔"

"بہرحال ـــ اب منزل قریب آتی جا رہی ہے۔ ہو سکتا ہے کہ جو انکشاف ہو وہ سب کے لیے انوکھا اور غیر متوقع ہو۔ میں قبل از وقت کچھ نہیں کہنا چاہتا!"

شیلا خاموشی سے اس کی آنکھوں میں جھانکتی رہی۔

"کیا تم کبھی دریا کی طرف گئی ہو؟"

"کیوں؟" شیلا اچھل پڑی۔

"قتل کے لیے وہ جگہ بہت مناسب ہے۔ ذرا سوچو ـــ گھاٹ پر آدھی رات کا سناٹا۔ خموشی سے بہتا ہوا پانی۔ ہواییں سنائی ہوئی چیخ کی آواز سننے والا کوئی نہیں ـــ!"

شیلا کی طبیعت الجھتی رہی۔

رازی پھر بولا "جہاں تک اس اینگلو انڈین کارمن کا تعلق ہے اس کی موت کے بارے میں تمھارا کیا خیال ہے؟"

"میں کچھ سوچ نہیں سکتی!"

"بہ ظاہر اس کی موت قدرتی ہے۔ جسم پر کہیں چوٹ کا نشان نہیں! میرا خیال ہے گرو ور اور کمار اس معاملے میں بے قصور ہیں!"

شیلا کے چہرے پر کشمکش کے آثار دکھائی دیے۔

"تو تم گرووراور کمار پر ہاتھ ڈالنے کی ضرورت نہیں سمجھتے؟" اس نے نرم لہجے میں سوال کیا۔

"اوہ — ان کی گرفتاری کے لیے تو وارنٹ بھی موجود ہے۔ مگر مالتی کی موت سے ان کا کوئی تعلق نہیں۔ یہ بات لکھ لو — اس بات کا بھی کوئی ثبوت نہیں کہ مسز گروور کو انہی دونوں نے کمرے میں بند کیا تھا — زیادہ سے زیادہ ان پر پرس کی چوری کا شبہ کیا جا سکتا ہے!"

شیلا کا چہرہ دھواں دھواں ہو رہا تھا۔

"شاید تم مجھ سے اتفاق نہیں کرتیں؟"

"ہاں!"

"تم ہمارے قانون کو بھی نکما سمجھتی ہو گی!"

"ہاں — ہاں — ہاں —" شیلا چیخ پڑی۔ قریب کے میز پر بیٹھا ہوا اجنبی غور سے ان کی طرف دیکھنے لگا۔

"کیا آپ کو کسی کی تلاش ہے!" رازی نے سخت لہجے میں پوچھا۔

"اوہ — نن — نہیں —" وہ جھینپ کر دوسری طرف دیکھنے لگا

"اچھی لڑکیاں عام جگہوں پر اس طرح نہیں چیختیں۔" رازی دھیرے سے بولا۔ شیلا نے گھور کر اسے دیکھا۔ پھر جھٹکے کے ساتھ گردن پھیر لی۔

"اب مجھے واپس جانا ہے!" وہ سرد لہجے میں بولی۔

"میں تمھیں چھوڑ دوں؟"

"نہیں! اس زحمت کی ضرورت نہیں۔ میں ٹیکسی لے لوں گی۔ اس لنچ کا بھی شکریہ!" شیلا اٹھ کھڑی ہوئی۔

"مجھے امید ہے کہ آیندہ بھی ایسے موقعے آتے رہیں گے جب تم میرا شکریہ ادا کر سکو!" رازی شرارت آمیز انداز میں مسکرایا

شیلا نے کچھ کہنا چاہا مگر ضبط کر کے رہ گئی۔ رازی کے ہونٹوں پر وہی معنی خیز مسکراہٹ تھی۔ شیلا پاؤں پٹختی ہوئی تیزی سے باہر نکل گئی۔

○

شالنی کے سامنے میز پر ایوننگ نیوز کا تازہ شمارہ پڑا ہوا تھا۔ شام کے پانچ بج چکے تھے۔ وہ مریضوں کو مالتی کی موت کا قصہ بہت مزے لے لے کر سنا رہی تھی۔ اب شاید مریض بھی اس کی بک بک سے اکتا چکے تھے۔ ایک ایک کر کے رخصت ہونے لگے۔ چار و ناچار وہیں رکے ہوئے تھے جنھوں نے پہلے سے ملاقات کا وقت لے رکھا تھا۔

شالنی نے اپنے کھلے ہوئے بالوں کو بل دے کر جوڑے کی شکل میں لپیٹ لیا۔ دوبارہ اس نے اخبار پر نظر ڈالی۔ پہلے ہی صفحے پر مالتی کی تصویر تھی۔ اسی کے ساتھ ایک رپورٹ۔ اب تک اتنی بار اس نے یہ رپورٹ پڑھی تھی کہ ایک ایک لفظ حفظ ہو گیا تھا۔

اتنے میں شیلا ریسپشن روم میں داخل ہوئی۔ شالنی نے جلدی سے اخبار پلٹ دیا اور اپنی جگہ پر کھڑی ہو گئی۔

"یس ڈاکٹر!" اس نے بڑے مستعد انداز میں پوچھا۔

"کتنے مریضوں کو دیکھنا ہے!"

"صرف تین۔ باقی کو میں نے آگے کی تاریخیں دے دی ہیں!"

"میرے خدا!" شیلا نے ایک طویل سانس لی اور میز سے ٹک کر آنکھیں بند کر لیں۔

"ڈاکٹر!" شالنی بولی — "آپ پچھلے کچھ دنوں سے ہر وقت تھکی تھکی اور بے چین دکھائی دیتی ہیں!"

"نہیں!"

"آپ کو اپنی حالت کا اندازہ نہیں ہے ڈاکٹر!"

"تم اپنے کام سے کام رکھو!" شیلا نے روکھائی سے کہا۔ اتنے میں فون کی گھنٹی بجی۔ شالنی جلدی سے اُدھر چل دی۔

"ڈاکٹر چندرن کا فون ہے!" دور سے شالنی کی آواز آئی۔

شیلا نے جاکر ریسیور سنبھال لیا۔

"یس شیلا اسپیکنگ!"

"میں چندرن ہوں ــــ میں نے سنا ہے کہ تم ادھر کچھ پریشان ہو!"

"پریشان ــــ پریشان ــــ پریشان!" شیلا کو غصہ آگیا۔ لیکن اس نے اظہار نہیں کیا۔

"کہیے ــ" وہ دھیرے سے بولی

"میں یہ کہنا چاہتا تھا کہ اگر تم کلینک کو وقت نہ دے پا رہی ہو تو اپنے مریض میرے پاس بھیج دو۔ میں دیکھ لوں گا ــ جب طبیعت بحال ہو جائے تو کام کرنا ــ"

"شکریہ ڈاکٹر ــــ!"

"شالنی کا کیا حال ہے؟"

اب یہ بات سمجھ میں آئی کہ ڈاکٹر چندرن اچانک اتنا مہربان کیوں ہو گیا۔ اسے شالنی سے دلچسپی تھی اور شیلا کو بہت دنوں سے اس حقیقت کا علم تھا۔ اپنے مریضوں کو چندرن کے پاس بھیجنے کا مطلب تھا چندرن سے شالنی کی ملاقات کا بہانہ پیدا کرنا۔ اس نے سوچا۔ اس میں حرج بھی کیا ہے! ادھر وہ شالنی کے سوالوں سے یہ تاثر قائم کر چکی تھی کہ شالنی کو غالباً اس کی ذاتی زندگی کے بارے میں بہت کچھ معلوم ہو چکا ہے۔ ایسی صورت میں شالنی کو بھی اگر اس راستے پر لگا دیا جائے تو اس کی طرف سے کوئی اندیشہ نہ رہے گا۔

شیلا نے چندرن کی پیش کش قبول کر لی۔ شالنی کو یہ ہدایت دی کہ اس کے مریضوں کو چندرن کے پاس لے جائے۔ وہ چند روز آرام کرنا چاہتی ہے۔

"یہ بہت اچھا ہوا ڈاکٹر! ڈاکٹر چندرن کا کلینک دس قدم پر تو ہے!"

"ہاں! اس ہفتے تم میرے سارے مریض ان تک پہنچا دو!"

"ٹھیک ہے!" شالنی نے مسکراتے ہوئے جواب دیا۔

شاید وہ خود بھی اس اقدام سے خوش تھی!

شیلا کلینک سے نکل کر رہائشی حصے کی سمت بڑھ گئی۔ آسمان پر ستارے نمودار ہو چکے تھے اور رات دھیرے دھیرے گہری ہوتی جا رہی تھی۔ ابھی وہ راہداری میں تھی کہ فون کی گھنٹی بجی۔

"غالباً راجن ہو گا!" شیلا نے سوچا۔

"ہلو! شیلا اسپیکنگ!"

"تم اتنا کام نہ کیا کرو!" دوسری طرف سے رازی کی آواز آئی۔ شیلا کا جی دھک کرنے لگا۔ کتنا اچھا ہوا کہ اس نے راجن کا نام لے کر مخاطب نہیں کیا تھا ورنہ رازی ـــ شیلا اس سے بیزاری محسوس کر رہی تھی۔

"کیا یہ بہتر نہ ہو گا کہ اس وقت مجھے آرام کرنے دو!"

"آرام حرام ہے۔" رازی چہک کر بولا ـــ "ایک بہت ضروری بات ہے! میں نے سوچا کہ تمھیں بتا دوں!"

"کیا؟"

"ابھی ابھی یہ اطلاع ملی ہے کہ مالتی کی ایک بہن رام گڑھ میں رہتی ہے۔ اس کا نام سندھیا ہے۔ شوہر فوج میں تھا کسی لڑائی میں مارا گیا ہو سکتا ہے کہ سندھیا سے مالتی کے معاشقے کا اتا پتا مل جائے ـــــ میرا مطلب ہے اس آدمی کا ـــــ جس نے اسے چھوڑ دیا ـــــ چلو! ہم اپنی

سہولت کے لیے اس کا ایک فرضی نام رکھ لیتے ہیں ــــ راج!"

"راج ہی کیوں؟" شیلا کی آواز کانپ رہی تھی۔

"بس یونہی۔ جی چاہے تو راج کے بجائے راجن رکھ لو!"

شیلا کا پورا بدن کانپنے لگا۔

"میں کل رام گڑھ جا رہا ہوں۔ تم بھی ساتھ چل سکتی ہو!"

نہیں ــــ شکریہ!

"سوچ لو!"

"میں نے اچھی طرح سوچ لیا ہے!"

"ارے یہ سفر تمھارے لیے اچھا رہے گا۔ ٹھنڈی ٹھنڈی ہوا۔ وغیرہ وغیرہ"

"ہوا یہاں بھی ٹھنڈی ہے!"

"مگر رام گڑھ کا موسم عشق کرنے والوں کے لیے بہت مفید بتایا جاتا ہے۔"

"تم یہ بکواس بند کرو!"

"شیلا تم مجھے سمجھنے کی کوشش کرو!" رازی کا لہجہ بہت جذباتی تھا۔

شیلا نے ریسیور کریڈل پر ڈال دیا۔ وہ ابھی تک رازی کو نہیں سمجھ سکی تھی۔ نہ یہ کہ آخر وہ چاہتا کیا ہے۔ اسے رازی سے ڈر لگ رہا تھا۔

باہر کال بیل کا بٹن کسی نے دبایا۔ شیلا دروازے کی طرف بڑھ گئی۔ شیشے سے جھانک کر اس نے دیکھا۔ راجن کھڑا ہوا تھا۔ اس کے ہونٹ سختی سے بھنچے ہوئے تھے۔

"آؤ راجن!" شیلا نے دروازہ کھول دیا۔

راجن نے اندر آتے ہی اسے اپنی طرف کھینچ لیا۔ اچانک شیلا کے ذہن میں یہ بات آئی کہ شالنی اب ڈاکٹر چندرن کے یہاں پہنچ چکی ہوگی ــــ

"تم کچھ پریشان ہو!" شیلا خود کو الگ کرتی ہوئی بولی۔

"نہیں!" راجن کے منہ سے شراب کے بھبکے نکل رہے تھے۔
"تم نے زیادہ پی لی ہے!"
"نہیں!"
"میں نے آج دوپہر میں تمھیں فون کیا تھا۔ تم ملے نہیں!"
"میں اپنے آفس میں نہیں تھا!"
"کہاں تھے؟"
"سارے سوال آج ہی کر لینا چاہتی ہو! میں کئی راتوں سے سویا نہیں ہوں۔ مجھے نیند کی گولیاں چاہییں۔"
"ابھی!"
"ہاں ابھی!"
شیلا دوسرے کمرے میں چلی گئی۔ واپس آئی تو اس کے ہاتھ میں ایک ننھا سا لفافہ تھا۔
ایک گولی بستر پر جانے سے بیس منٹ پہلے کھا لینا۔ نیند نہ آئے تو ایک اور ــــ"
"اچھا!"
"سچ بتاؤ بات کیا ہے؟ تم پریشان ہو!"
"نہیں ــــ بالکل نہیں!" راجن نے سگریٹ کا پیکٹ جیب میں ٹٹولا۔
شیلا نے اس کی جیب سے پیکٹ نکال کر ایک سگریٹ اپنے ہونٹوں سے لگایا۔ سلگایا اور اس کی طرف بڑھا دیا۔ پھر راجن کے سر پر دھیرے دھیرے ہاتھ پھیرنے لگی۔
"راجن! اس ہفتے میں آرام کرنا چاہتی ہوں! بہت دنوں سے میں نے کوئی چھٹی نہیں منائی۔ سوچتی ہوں تھوڑی سی تفریح کر لوں۔ میرا ارادہ ہے رام گڑھ ہو آؤں۔"

"رام گڑھ؟ وہاں کون ہے؟"
"مالتی کی بہن — سندھیا!"
"تمھارے دماغ پر اب تک وہی لڑکی سوار ہے!"
"ہاں!"
"مت جاؤ شیلا — مت جاؤ!"
"لیکن میں جانا چاہتی ہوں!"
"اس کا مقصد؟"
"بس یونہی! انٹلی جنس کے لوگ بھی جا رہے ہیں!"
"اینٹیلیجنس؟ کیوں؟" راجن کے چہرے سے اُلجھن برس رہی تھی۔
"وہی مالتی کے قتل کا معمّا! ویسے میں اس شخص کو بالکل پسند نہیں کرتی!"
"کون؟"
"رازی! یہ کیس اسی کے سپرد کر دیا گیا ہے!"
"اوہ! میں اسے جانتا ہوں۔ انتہائی مکّار آدمی ہے!"
"وہ چاہتا تھا کہ میں اس کے ساتھ جاؤں۔ میں نے انکار کر دیا۔ مجھے ایسا لگتا ہے کہ وہ میرے لیے کوئی جال تیار کر رہا ہے۔"
"مت جاؤ شیلا! یہ خیال ذہن سے نکال دو!"
"میں رازی سے خائف نہیں ہوں راجن — بس ایک الجھن سی ہے۔ میں چاہتی ہوں کہ اس آدمی کا سراغ مل جائے جس نے مالتی کی زندگی برباد کی — پھر آب و ہوا کی تبدیلی کا اثر شاید خوشگوار پڑے!"

راجن اٹھ کھڑا ہوا۔ شیلا یہ محسوس کیے بغیر نہ رہ سکی کہ راجن اس وقت اندر ہی اندر کسی الجھن کا شکار ہے۔ اس کا الوداعی بوسہ بہت سرد، بہت بے جان تھا۔
شیلا نے اسے روکنے کی کوشش نہیں کی۔ اس نے خاموشی سے دروازہ بند کر لیا اور کھڑکی کے شیشے سے رات کے اندھیرے میں راجن کو گم ہوتا ہوا دیکھتی رہی۔

اندھی جھیل

دوسری صبح طلوعِ آفتاب سے پہلے ہی اس کی گاڑی رام گڑھ کی طرف بھاگی جا رہی تھی۔ رات کی اوس میں نہائے ہوئے درخت سڑک کے دو رویہ کھڑے تھے۔ ان کی شاخوں پر پرندے پھدک رہے تھے۔ ساری فضا ان کے چہچہوں سے آباد تھی۔ یہ سڑک دریا کے کنارے کنارے میلوں بل کھاتی، لہراتی چلی گئی تھی۔ افق پر سورج کے جھانکتے ہی سارا کہرا اس کی کرنوں میں جذب ہو گیا۔ دریا کے اس پار چھوٹی بڑی بہت سی پہاڑیاں تھیں جن پر سبزہ اگا ہوا تھا۔

اب سڑک دریا کے کنارے سے قدرے دور ہو چکی تھی۔ یہ ترائی کا علاقہ تھا۔ یہاں گرمیوں کے آتے ہی تربوز کی کاشت کی جاتی تھی یا پھر بکثرت سبزیاں بوئی جاتی تھیں۔ جہاں تہاں لیمو اور امرود کے باغ تھے۔ دور شمال مشرق میں دو اونچے پہاڑ تھے جن کی چوٹیوں پر برف جمی ہوئی تھی۔ صنعتی شہروں کے برعکس یہاں فضا بہت صاف اور منزّہ تھی، بدبودار دھوئیں اور گرد و غبار سے یکسر پاک۔

رام گڑھ کی سرحد میں داخل ہوتے ہی اس نے کار کی رفتار سست کر دی۔ اب دھوپ اچھی طرح پھیل چکی تھی۔ ہوائیں پہلے

جیسی خنکی نہیں رہ گئی تھی۔ گھنے درختوں کی اوٹ سے سورج کی کرنیں مسلسل تاک جھانک کر رہی تھیں۔ یہ سارا علاقہ دور دور پر بسے ہوئے گاؤں سے آباد تھا۔ کہیں کہیں کھجوروں اور تاڑ کے جھنڈ، ان کے آس پاس ٹین کی چھتوں والے نیم پختہ مکانات۔ شہر ابھی دور تھا۔

اس سے پہلے کہ سورج ٹھیک سر پر آئے، وہ رام گڑھ پہنچ چکی تھی۔ مضافات میں لکڑی کے کارخانے تھے۔ چند چھوٹے چھوٹے ڈھابے اور دکانیں۔ وہ آگے بڑھتی گئی۔ ونڈ اسکرین پر نظریں جمائے وہ نہ جانے کس سوچ میں گم تھی۔

شہری آبادی میں قدم رکھنے کا احساس اس وقت ہوا جب دیواروں پر اسے جابجا اشتہارات کی بھیڑ دکھائی دی۔ زیادہ تر عمارتیں لکڑی کی تھیں اور چھتیں ٹین کی۔ ڈھلوان سڑک سے وہ ان چھتوں کا رنگ بآسانی دیکھ سکتی تھی —— زرد —— سرخ —— سبز، نیلگوں۔ یہاں جابجا ہوٹل تھے اور مہمان خانے۔ چونکہ شکار کے شوقین یہاں سیزن میں بکثرت آتے تھے اس لیے اصل شہر کی آبادی شروع ہونے سے پہلے ہی ہوٹلوں، ریستوران، ٹورسٹ سینٹرز اور شراب خانوں کی قطاریں دکھائی دیتی تھیں۔

ایک نئی وضع کی سہ منزلہ عمارت کی چار دیواری پر نظر پڑتے ہی اس نے انجن کو بریک لگایا۔ گاڑی لڑھکتی ہوئی گیٹ کے سامنے جا رکی۔ یہ ایک سرکاری مسافر خانہ تھا۔ مرکزی حکومت کے اعلا عہدیداروں کے لیے مخصوص! جن دنوں دفاتر کھلے ہوئے ہوتے اور سرکاری عہدے داروں کا رش کم ہوتا تھا غیر سرکاری شہریوں کو بھی جگہ مل جاتی تھی۔

شیلا مسافر خانے کے دفتر کی طرف بڑھ گئی۔ باہر کرسی پر ایک موٹا سا آدمی بیٹھا تھا۔ بظاہر اس مہمان خانے کا نگراں معلوم ہوتا تھا۔

اسے شاید گرمی لگ رہی تھی کیونکہ بڑے بیتابانہ انداز میں پنکھے کی طرح ایک اخبار ہلا رہا تھا۔ اس کے پاس رکھی چھوٹی سی میز پر کمرشیل رسالوں اور سستے تفریحی ناولوں کا ڈھیر لگا ہوا تھا۔ چہرے پر بچوں جیسی معصومیت بکھری ہوئی تھی۔

"آپ ——؟" شیلا نے سوالیہ نظروں سے اس کی طرف دیکھا۔

"جی ہاں! میں اس گیسٹ ہاؤس کا انچارج ہوں —— میرا نام چندن کمار داس ہے!"

"کوئی جگہ خالی ہے ——؟"

جواب دینے سے پہلے وہ دفتر کی جانب بھاگا۔ واپس آیا تو اس کے ہاتھ میں ایک موٹا سا رجسٹر دبا ہوا تھا۔ ایک صفحے پر اچٹتی ہوئی نظر ڈالنے کے بعد وہ پرتپاک انداز میں بولا —"میڈم! آپ خوش قسمت ہیں —— چار نمبر کا کمرہ خالی ہے۔ اٹیچڈ باتھ روم، ایک رات کا کرایہ پچاس روپے۔ سرکاری عہدیداروں کے لیے صرف دس روپے۔ آپ شاید ڈاکٹر ہیں؟"

"ہاں!"

"پرائیویٹ؟"

"ہاں!"

پھر تو آپ کو پچاس روپے دینے ہوں گے — مجھے بڑی خوشی ہوئی آپ کو دیکھ کر۔ آج سے پہلے اس گیسٹ ہاؤس میں کسی لیڈی ڈاکٹر نے قدم نہیں رکھا۔ اس شہر میں کوئی لیڈی ڈاکٹر نہیں ہے۔ میں نے تو بس ایک فلم میں شرمیلا ٹیگور کو لیڈی ڈاکٹر کے رول میں دیکھا تھا۔

"ہاں۔ ہاں!" شیلا بور ہونے لگی۔ یہ عجیب اتفاق تھا کہ اس کی ملاقات جس اجنبی سے بھی ہوتی تھی وہ یا تو مخبوط الحواس ہوتا تھا یا

پراسرار۔

"تمھارے پاس ٹیلی فون ڈائرکٹری تو ہوگی!" شیلا نے پوچھا۔

"ہاں۔ہاں!" یہ کہتا ہوا وہ پھر دفتر میں چلا گیا۔ واپسی میں اسے کئی منٹ لگ گئے۔

"کیا ہوا؟" شیلا نے اسے حیران پریشان دیکھ کر نرم لہجے میں سوال کیا۔ اس کی پیشانی پر پسینے کی بوندیں چمک رہی تھیں۔ معذرت آمیز لہجے میں بولا "معاف کیجیے میڈم۔ کوئی ڈائرکٹری لے کر چمپت ہوگیا۔ یہاں صرف سفید پوش لوگ آتے ہیں۔ مگر ان میں کیسے کیسے گھٹیا لوگ بھی ہوتے ہیں۔ مجھے سخت افسوس ہے۔ اب ایکسچنج سے دوسری ڈائرکٹری لانی ہوگی!"

"یہ فکر بعد میں کرنا۔ کیا تم مجھے مسز سندھیارائے کا پتا بتا سکتے ہو!"

سندھیارائے — اوہ — وہ تو ہمارے ایک فوجی ہیرو کی بیوہ ہیں! ان کا پتا اس شہر کے بچے بچے کو معلوم ہے — یہ لیجیے۔ ایک کاغذ پر اس نے جلدی جلدی پتا لکھ کر شیلا کی طرف بڑھا دیا۔

"پہلے میرا سامان گاڑی سے نکال کر کمرے میں پہنچا دو!"

داس زور زور سے آوازیں دینے لگا۔ دو ملازم بھاگتے ہوئے گیسٹ ہاؤس سے باہر آئے۔

"میم صاحب کی گاڑی سے اسباب لے آؤ اور چار نمبر میں پہنچا دو!"

دونوں ملازم کار تک گئے۔ ڈکی میں ایک بڑی اٹیچی تھی۔ ایک باسکٹ اور بیگ۔ دونوں ملازم یہ سامان لے کر جیسے ہی واپس آئے داس نے پرتپاک انداز میں کہا۔

"اب آپ بے فکر رہیے۔ سامان آپ کے کمرے میں پہنچ جائے گا۔ یہ لیجیے چابی۔ اگر چائے پینا چاہیں تو حکم دیجیے!"

آفتاب جلالی

"نہیں ــــ پہلے میں سندھیا رائے سے مل آؤں! بس ذرا واش کر لوں!"

ملازموں کے ساتھ شیلا بھی اپنے کمرے کی طرف چلی گئی۔ سامان ایک طرف رکھوا دیا۔ پھر غسل خانے کی طرف بڑھ گئی۔ ہاتھ منہ دھویا۔ اپنے بال درست کیے اور باہر نکل آئی۔

کمرے کو مقفل کرنے کے بعد شیلا گاڑی کی طرف چل دی۔ داس کا دیا ہوا پتا اس نے اپنے پرس میں ڈال لیا تھا۔

سندھیا رائے کے گھر پہنچنے میں اسے بمشکل دس منٹ لگے۔ دروازے کے قریب وہ رک گئی۔ سندھیا رائے کے نام کی تختی لگی ہوئی تھی۔ اندر کمرے سے باتیں کرنے کی ملی جلی آوازیں آ رہی تھیں۔ شیلا نے کال بیل کا بٹن دبایا۔

ایک دراز قد عورت نے دروازہ کھولا۔ اس کی عمر تیس برس کے قریب رہی ہوگی۔ چہرے سے تھکن جھلکتی تھی۔ آنکھوں کے پپوٹے سوجے ہوئے تھے۔

"مجھے مسز سندھیا رائے سے ملنا ہے!" شیلا نے کہا۔

"جی! میں ہی ہوں!"

"میں شیلا ہوں۔ مالتی کی ایک دوست!"

سندھیا رائے کی آنکھوں میں اداسی کا رنگ اور گہرا ہو گیا۔ "تب تو آپ کو یہ معلوم ہو چکا ہو گا کہ ــــ"

"جی ہاں!"

آپ چاہیں تو اندر آ سکتی ہیں ــــ یہ میری دوست نیلم ہیں!" سندھیا رائے نے دوسری عورت سے تعارف کرایا۔

نیلم کی عمر سندھیا رائے سے خاصی کم دکھائی دیتی تھی۔ اس کے

بال سیاہ اور لانبے تھے۔ جسم بہت سڈول اور صحت مند۔

سندھیا رائے نے پھر کہا —" یہاں سارے رام گڑھ میں مالتی کا قصہ چھڑا ہوا ہے۔ میری بہن! وہ کتنی سادہ لوح اور معصوم تھی۔"

"میں آپ سے کم اداس نہیں ہوں!" شیلا دھیرے سے بولی۔

"مالتی بہت اچھی لڑکی تھی!" سندھیا رائے نے کہا — بیوقوفی کی حد تک سادہ مزاج ورنہ وہ اتنی آسانی سے ایک لفنگے کے چکر میں نہ آجاتی۔ کمار اس کے لائق نہ تھا۔ سماجی، معاشی، تہذیبی ہر لحاظ سے بہت کم تر۔ مگر وہ اس کی باتوں میں آکر سارے خاندان سے کٹ گئی۔

نیلم نے اپنے ہونٹ سختی سے بھینچ رکھے تھے۔ ایسا لگتا تھا کہ کچھ کہنے کے لیے بے قرار ہے۔ بالآخر اس سے نہیں رہا گیا۔ معذرت آمیز لہجے میں بولی —" سندھیا! مالتی سچ مچ بہت بھولی تھی۔ ایک روز صبح صبح میں نے اسے ایک اجنبی کے ساتھ دیکھا تھا۔ دونوں ایک دوسرے سے جس طرح گھل مل کر باتیں کر رہے تھے اس سے یہی گمان ہوتا ہے کہ دونوں ایک دوسرے سے بہت قریب ہیں۔ میں اب کیا بتاؤں — — دونوں آپس میں کچھ زیادہ بے تکلف نظر آرہے تھے۔ شاید انھیں پتا نہیں تھا کہ میں انھیں دیکھ رہی ہوں۔ میں نے تم سے آج تک یہ بات بتائی نہیں!"

سندھیا رائے چیخ پڑی —" نیلم یہ تم کیا کہہ رہی ہو؟"

"جو کچھ کہہ رہی ہوں سچ ہے — وہ آدمی اس کے بعد مجھے پھر نظر نہیں آیا۔"

"کیا آپ اسے پہچان سکتی ہیں!" شیلا نے سوال کیا۔

"ہاں! بالکل!"

سندھیا رائے کی آنکھوں میں درد کا سیلاب امڈ آیا تھا۔ وہ بغیر کچھ کہے اٹھ کر کھڑکی کے قریب چلی گئی۔ چہرے پر گہری فکرمندی

کے بادل چھائے ہوئے تھے۔ چند لمحوں بعد وہ مڑی اور نیلم کو مخاطب کرتے ہوئے کہا۔

"شیلا مالتی کی دوست ہیں۔ ان کے سامنے میں سب کچھ کہہ سکتی ہوں۔ ہوسکتا ہے کہ کمار کے رویئے سے بیزار ہوکر مالتی کسی اور مرد سے دل لگا بیٹھی ہو۔ کمار اسے ذہنی اور جسمانی تکلیف پہنچانے کا کوئی موقع ہاتھ سے جانے نہیں دیتا تھا۔ مالتی کو بہت دنوں بعد یہ احساس ہوا کہ اس نے کمار کا انتخاب کرکے کتنی بڑی غلطی کی ہے۔ کمار ایک آوارہ مزاج شخص ہے۔ اپنی عزت آبرو کے احساس سے ایک دم بے پروا۔ وہ تو مالتی کو بیچ بھی سکتا تھا۔"

"تمھاری غلطی یہ ہے کہ تم نے مالتی کو سمجھانے کی کوشش نہیں کی، تم بھی کمار کو اچھا آدمی سمجھ بیٹھی تھیں!" نیلم نے جواب دیا۔

"یہ تمھیں کیا ہوگیا ہے نیلم ـــ پہلے تم نے میری بہن پر ایک گندا الزام لگایا۔ اب مجھے قصوروار ٹھہرا رہی ہو!"

"مالتی کی زندگی تباہ کرنے میں تم بھی برابر کی شریک رہی ہو!"

"چپ ہو جاؤ ـــ" سندھیارا سے چیخ پڑی ـــ "میں نے اسے قطعاً مجبور نہیں کیا تھا کہ وہ کمار سے شادی کرلے۔ میں ان معاملات میں کسی زبردستی کی قائل نہیں ہوں!"

نیلم کے چہرے پر اچانک خفت کے آثار دکھائی دیے۔ معذرت آمیز لہجے میں بولی ـــ "معاف کرنا سندھیا! مجھ سے بھول ہوئی۔ میں آئی تھی تمھارا درد بانٹنے ـــ نہ جانے کیسے ذہن بھٹک گیا۔ سچ کہتی ہوں مالتی کی موت نے مجھے بھی ہلا کر رکھ دیا ہے۔"

شیلا پتھر بنی یہ تماشا دیکھ رہی تھی۔

دفعتاً سندھیارا سے سسکیاں لیتی ہوئی کمرے سے باہر نکل.

گئی۔ پھر وہ اپنے بستر پر جا گری اور زور زور سے رونے لگی۔ اس کی ہچکیاں بندھ گئیں تھیں ——

نیلم نے شیلا کو مخاطب کیا —— "تم بھی کیا سوچ رہی ہوگی! مجھ سے واقعی غلطی ہوگئی۔ مگر میں نے جو کچھ بھی کہا ایک دم سچ ہے —"

شیلا کی بھی سمجھ میں نہیں آرہا تھا کہ وہاں رکے یا اٹھ کر چل دے۔ وہ سندھیا رائے سے ملنے آئی تھی۔ یہاں یہ قصہ نکل آیا۔ اس نے فیصلہ کیا کہ اس وقت اسے چلا جانا چاہیے۔

"معاف کرنا —— میں ذرا جلدی میں ہوں۔ پھر کسی وقت آؤں گی اس وقت سندھیا رائے کے حواس ان کے قابو میں نہیں ہیں —— میں یہاں گیسٹ ہاؤس میں مقیم ہوں۔ اگر تم بھی کہیں جانا چاہو تو میں تمھیں ڈراپ کر دوں گی ——" شیلا اٹھ کھڑی ہوئی۔

"نہیں ——" نیلم نے جواب دیا۔ "میں یہیں پر رکوں گی۔ سندھیا میری عزیز ترین دوست ہے —— اس حالت میں اسے چھوڑنا نہیں چاہتی۔ امید ہے کہ تم سے پھر ملاقات ہوگی!"

شیلا باہر نکل آئی۔ "یہ کیسی عجیب دوستی ہے۔ اس نے دل میں سوچا۔ وہ نیلم کو سراسر قصوروار سمجھ رہی تھی۔ اگر اس نے مالتی کے بارے میں اس قسم کی باتیں نہ کی ہوتیں تو سندھیا رائے کا یہ حال نہ ہوتا۔ مگر وہ اجنبی ہے کون؟ یہ سراغ لگانا ہی ہوگا! شیلا اسی سوچ میں گم اپنی گاڑی کی طرف چل دی۔

سورج پوری آب و تاب کے ساتھ چمک رہا تھا۔ دھوپ میں شدت پیدا ہو چلی تھی۔ شیلا کا دل اس وقت بجھ سا گیا تھا۔ جیسے زندگی کے کسی اہم مرحلے میں وہ ناکامی سے دوچار ہوگئی ہو —— اسے مالتی کا خیال آیا —— پھر خود اپنا۔ اسے ایسا لگا کہ زندگی ایک

اندھی جھیل ہے جس میں سب کے سب اترتے جا رہے ہیں۔ مالتی، سندھیا رائے، کمار، گرو در، کارمن، مسز گروور — اور راجن! ان سب کا حال اس تھکے ہوئے ملاح جیسا ہے جس کے ہاتھوں میں اب سکت نہ رہ گئی ہو۔ سب کے سب اس بات سے مایوس ہو چکے ہوں کہ کنارے تک پہنچ سکیں گے۔

○

اب وہ گیسٹ ہاؤس کی جانب چلی جا رہی تھی۔

اس نے سوچا کہ شاید رازی بھی سندھیا رائے کے گھر پہنچ گیا ہو۔ یہ خیال بھی آیا کہ نیلم نے اسے مالتی کے بارے میں وہ باتیں بتا نہ دی ہوں جو وہ ابھی کچھ دیر پہلے کہہ چکی تھی۔ پھر اس نے اس خیال کو ذہن سے جھٹک دیا۔ نیلم نے اپنے رویئے پر شرمندگی کا اظہار بھی کیا تھا۔ اور سندھیا رائے نیلم کی باتوں سے جتنی بے مزہ ہوئی تھی اسے دیکھتے ہوئے اب نیلم کو اس سلسلے میں احتیاط سے کام لینا چاہیے۔

شیلا کو یہ سوچ کر قدرے اطمینان ہوا کہ رازی اس واقعے کو نہ جان سکے گا —— وہ واقعہ جس میں ایک اجنبی مالتی سے قریب آیا۔ پھر ہمیشہ کے لیے کہیں چلا گیا —— اس کی کوکھ میں ایک گناہ کا بیج ڈال کر۔

جب وہ گیسٹ ہاؤس پہنچی اس وقت سورج بادلوں کے پیچھے چھپ گیا تھا۔ چندن کمار داس اب بھی اسی طرح دفتر سے باہر ایک کرسی پر بیٹھا ہوا تھا۔ اس کی نگاہیں سامنے صف باندھے ہوئے گھنے درختوں پر جمی ہوئی تھی —— ان درختوں کو وہ اس طرح گھور رہا تھا۔ جیسے وہ درخت نہیں اس کے خواب رہے

ہوں۔ یا کسی کھوئے ہوئے لمحے کی یادیں۔

"گڈ ایوننگ میڈم!" داس شیلا کو دیکھ کر اٹھتا ہوا بولا۔

ایوننگ!

"اگر آپ یہاں بیٹھنا چاہیں تو میں آپ کے لیے کرسی لاؤں!"

"نہیں ــــ شکریہ!"

داس اپنے ماتھے پر بیٹھے ہوئے کسی بھنگے کو مسلنے لگا۔ پھر اس نے مسکرا کر دانت نکال دیے۔

"آپ مسز سندھیا راے سے مل آئیں!"

"ہاں!"

"ان کی چھوٹی بہن مر گئی ــــ ایک افسوسناک واقعہ!"

"ہاں میں نے سنا تھا!"

"جی ہاں ــــ اس کا نام مالتی تھا۔ میں اس کے شوہر ــــ کمار کو جانتا ہوں۔ بچپن سے جانتا ہوں۔ وہ میرا اسکول کا ساتھی تھا۔ ایک بار میں کام کرتا تھا۔ میں نے سنا ہے کہ اس نے ملازمت چھوڑ دی!"

"کون سا بار تھا وہ؟" شیلا اسے کریدنے لگی۔

"ڈائمنڈ بار ــــ اب تو وہ بالکل بھٹیچر ہو گیا ہے!"

بات ابھی یہیں تک پہنچی تھی کہ نشیب سے ایک کار اوپر کی طرف آتی ہوئی دکھائی دی۔ داس اٹھ کھڑا ہوا۔ اس سے پہلے کہ وہ کار اوپر آتی شیلا "میں ابھی آتی ہوں ــ اچانک ایک کام یاد آگیا ــــ" کہتی ہوئی اپنی گاڑی کی جانب لپکی اور انجن اسٹارٹ کر دیا۔ ڈائمنڈ بار کا محلِ وقوع اس کے ذہن میں محفوظ تھا۔ گیسٹ ہاؤس کی طرف آتے ہوئے وہ اس راستے سے گزری تھی اور ایک

لمحے کے لیے اس کی نگاہ ڈائمنڈ بار کے بورڈ پر رکی تھی۔ بار کے قریب پہنچ کر وہ اتر گئی اور فٹ پاتھ پر پیدل چلنے لگی۔ سڑک کے کنارے کھڑے بجلی کے کھمبے تاریک تھے۔ ان کے بلب یا تو ٹوٹ چکے تھے یا غائب تھے۔

ہوا میں غروب آفتاب کے بعد ہی سے نمی آچکی تھی۔ چاند دھیرے دھیرے اوپر آرہا تھا۔ اس کی کمزور کرنیں گھنے درختوں سے ٹکرا کر لوٹ جاتی تھیں۔ شیلا خاموش، کسی سوچ میں گم آگے بڑھتی جا رہی تھی۔ اچانک اس کی چھٹی حس جاگی اور وہ ٹھٹک کر رہ گئی۔ ایک درخت کے پیچھے سے ایک سایہ نکلا، لمبا اور صحت مند۔

"ہلو شیلا!" اس نے چہک کر کہا۔

یہ آواز شیلا کے لیے جانی پہچانی تھی ——

"تم؟ تم نے تو مجھے چونکا دیا تھا!"

"ہاں میں!" رازی طنز سے بولا —— دیکھا تم نے۔ مجھ سے بھاگتی پھرتی تھیں، میں نے تمھیں ڈھونڈ نکالا۔ تم میرے ساتھ یہاں نہیں آسکتی تھی؟"

"اچانک پروگرام بن گیا —— بس تفریحاً!"

"ہاں ہاں! یونہی —— ہوا خوری کے لیے —— خیر اچھا ہوا۔ اب کرو گی بھی کیا۔ شاید خدا کو یہی منظور ہے کہ ہم کسی نہ کسی موڑ پر ملتے رہیں —— آؤ چلو کہیں بیٹھتے ہیں!"

"اوہ! نہیں شکریہ!"

"کیا تم ڈائمنڈ جا رہی ہو ——"

شیلا نے سوچا کہ یہ شخص اگر نجومی نہیں تو شعبدہ باز ضرور ہے۔

"نہیں!" وہ دھیرے سے بولی۔

"بنومت! تو کیا مسٹر گشتی کے لیے ادھر آئی تھیں!"

"ہاں!"

"پھر جھوٹ —!" رازی نے بڑھ کر اس کا بازو پکڑ لیا۔

"آؤ ہمیں کچھ ضروری باتیں کرنی ہیں!"

"کیسی باتیں؟"

"بس باتیں!"

رازی نے اس کا بازو اب بھی مضبوطی سے پکڑ رکھا تھا۔

میں سندھیارانے کے پاس گیا تھا۔ اس نے مجھ سے ایک "حسین خاتون" کا ذکر کیا جو اس سے ملنے کے لیے گئی تھیں۔ اس حسین خاتون نے خود کو مالتی کا دوست بتایا تھا۔

"ہوں!" شیلا پر خیال انداز میں بولی

"وہاں میری ملاقات سندھیارانے کی ایک دوست سے بھی ہوئی — بہت باتونی — اس کا نام نیلم تھا!"

"تم یہ سب کچھ مجھے کیوں سنا رہے ہو؟" میرا کیا تعلق ان باتوں سے؟" شیلا ناک سکوڑتے ہوئے کہا۔

"تمھیں سننا پڑے گا —!" رازی دانت پیس کر بولا۔

"تم بہت جھکی اور لڑاکے معلوم ہوتے ہو!"

"میں بہت مہذب آدمی ہوں!"

"بہت خوب — مہذب آدمی اس طرح درخت کے نیچے چور بنے کھڑے رہتے ہیں۔ میں تو ڈر گئی تھی!"

"تمھیں چھیڑنے میں مزا آتا ہے!"

ڈائمنڈ بار کا ماحول بہت اداس تھا۔ وہ دونوں اندر داخل ہوئے۔ دروازے کے پاس ہی ادھیڑ عمر کا ایک آدمی بیٹھا کچھ

پرزوں سے کھیل رہا تھا۔ ایک میز کے گرد دو آدمی کوئی چارٹ پھیلائے سرگوشیاں کر رہے تھے اور پنسل سے چارٹ پر نشانات لگاتے جا رہے تھے۔ بار ٹینڈر کے چہرے پر بوریت طاری تھی۔

"میرے لیے بیئر لاؤ!" شیلا نے اسے آواز دی۔

"تم عجیب بداخلاق ـــ بلکہ مرکھنی ہو! اب تک تمھارا منہ پھولا ہوا ہے۔ تمھیں "میرے" کی جگہ "ہمارے" کہنا چاہیے تھا!"

"اوہ! تم سچ مچ جھکی ہو!" شیلا جھنجھلا گئی۔

بار ٹینڈر ایک ٹرے میں بیئر کی بوتلیں اور گلاس سنبھالے ہوئے آیا۔

"افسوس کہ اب کمار یہاں نہیں ہے!" رازی بظاہر شیلا کو مخاطب کرتے ہوئے بولا۔

"کیا آپ اسے جانتے ہیں؟" بار ٹینڈر نے سوال کیا۔

"ہاں! وہ میرا دوست تھا ـــ عزیز دوست! کیوں؟"

"ابھی ابھی کسی نے بتایا کہ وہ یہاں آگیا ہے ـــ!"

"ارے!" رازی کھل اٹھا ـــ کہاں ہے؟ میں ابھی جا کر اسے پکڑتا ہوں! اور اگر وہ تمھیں کہیں نظر آجائے تو کہہ دینا کہ میں اسے ڈھونڈ رہا ہوں۔ میرا نام راجیو ہے!" رازی نے سو روپے کا ایک نوٹ بخشش کے طور پر اس کی طرف بڑھایا۔

بار ٹینڈر دانت نکال کر سلام کرتا ہوا چلا گیا۔

"ہوں!" شیلا ہونٹ بھینچ کر بولی ـــ "تم تو سندھیا رانے سے ملنے کے لیے نہیں بلکہ گرودرا اور کمار کے چکر میں یہاں آئے ہو ـــ کیوں؟"

"شاید ان کی موت انھیں یہاں کھینچ کر لائی ہے۔ انھیں کیا معلوم کہ ان کی گرفتاری کا وارنٹ جاری ہو گیا ہے۔ رازی سے بچ

کر نکلنا آسان نہیں ہوتا ڈارلنگ!"

شیلا خاموش رہی۔ وہ اپنا نچلا ہونٹ دانتوں میں دبائے کچھ سوچ رہی تھی،

"کیا سوچ رہی ہو؟"

"کچھ نہیں ——— اپنے مریضوں کا خیال آگیا ——— !"

"تمھارا مریض تو میں بھی ہوں!"

"بکو مت! میرا مطلب ان مریضوں سے ہے جنھیں میں ڈاکٹر چندرن کے سپرد کر آئی ہوں!"

"اوہ چندرن ——— میں اسے اچھی طرح جانتا ہوں۔ بلا کا دل پھینک ہے۔"

"تم اسے کیسے جانتے ہو؟"

"وہ میرا پرانا ساتھی ہے۔ ہم دونوں نے کالج کا کچھ زمانہ ساتھ گزارا ہے۔ میں نے ہی تو اس کی شادی طے کرائی تھی۔ یہ الگ بات ہے کہ وہ وفادار شوہر ثابت نہیں ہوا ——" رازی نے یہ کہتے ہوئے ٹٹولنے والی نظروں سے شیلا کی جانب دیکھا۔

"ہوں!" شیلا کے ہونٹوں پر تلخ مسکراہٹ تھی۔

"تم اتنی تنک مزاج کیوں ہو؟"

"میں اس وقت ابل رہی ہوں!"

"کس پر؟ مجھ پر تو نہیں؟ میں کیا راجن سے بھی گیا گزرا ہوں!"

"خدا کے لیے ایسی باتیں نہ کرو جو مجھے دکھ دیں!" شیلا اداس ہوگئی۔

"کیا تمھارا ارادہ اس سے شادی کرنے کا ہے؟" رازی سنجیدہ ہوگیا۔

"ہاں! اگر حالات نے اجازت دی ———" شیلا نے بے باکی سے کہا۔

"حالات؟"

"ہاں!"

"تو کیا تم چاہتی ہو کہ اس کی بیوی مر جائے؟"

"تم پھر بہکنے لگے ــــ"

"نہیں شیلا ــــ میں بہک نہیں رہا ہوں۔ سچ کہہ رہا ہوں۔ ایک کڑوا سچ۔ ہم جس دنیا میں رہ رہے ہیں وہاں موت کا بازار لگا ہوا ہے۔ لوگ آئے دن مرتے رہتے ہیں ــــ بے قصور ــــ اچانک ــــ یہاں زندگی بہت سستی ہے ــــ اب مالتی ہی کی مثال لو۔ کتنی آسانی سے مر گئی!"

شیلا نے گھور کر خونخوار آنکھوں سے رازی کو دیکھا۔

"اگر تم یہ سمجھ رہی ہو کہ ریکھا خودکشی کر لے گی تو اس خیال کو ذہن سے نکال دو۔ اس کی کھال خاصی موٹی ہے۔ راجن کی بے وفائی کا اس پر کچھ بھی اثر نہیں ہوگا ــــ تم تو اسے اچھی طرح جانتی ہوگی!"

"ہاں جانتی ہوں!"

"کب سے؟"

"ایک برس سے میں اس کا علاج کر رہی ہوں!"

"اوہ! تب تو بہت آسان ہے۔ کسی دن اس کی دوائیں کوئی سریع الاثر زہر ملا دو ــــ بس ذرا سوچ سمجھ کر، ورنہ پکڑی جاؤ گی!"

شیلا اسے گھورنے لگی۔

رازی اب تک سنجیدہ تھا ــــ "تم شاید میری باتوں سے بور ہوئیں! مگر اسے مذاق نہ سمجھو۔ اگر اتفاقاً بھی ریکھا چل بسی تو لوگ تم پر انگلی اٹھائیں گے ــــ تم ڈاکٹر ہی نہیں ــــ اس کے شوہر کی ــــ"

"رازی!" شیلا چیخ پڑی۔

رازی نے اپنے کانوں پر ہاتھ رکھ لیے۔

"میرا دوستانہ مشورہ یہ ہے کہ ریکھا کا علاج اب تم چھوڑ دو۔ اسے کسی دوسرے ڈاکٹر کے حوالے کر دو ـــــ!"

"اس مشورے کے لیے تمھارا شکریہ!"

"تم پھر بگڑ گئیں؟"

"نہیں! اب میں چلنا چاہتی ہوں ـــــ"

"سامنے دروازہ کھلا ہوا ہے۔ جانا چاہو تو چلی جاؤ۔ ویسے مجھے یقین ہے کہ تم بالآخر میرے پاس لوٹ کر آؤ گی!"

شیلا چپ بیٹھی رہی۔

"جاؤ! تم شاید اندھیرے سے ڈر رہی ہو!"

"نہیں!"

"پھر جاتیں کیوں نہیں؟"

"میں ابھی چلی جاؤں گی!"

"اگر کسی وقت میری ضرورت محسوس کرو تو روز کورٹ میں مجھ سے مل سکتی ہو۔ میں وہیں ٹھہرا ہوا ہوں۔ سند صیارا سے کی دوست نیلم وہیں ریپشنسٹ ہے۔ جگہ بھی اچھی ہے اور ـــــ!"

"اور کیا؟"

"وہ لڑکی بھی اچھی ہے۔ باتونی مگر دلچسپ!" رازی نے اسے جلانے کے لیے کہا۔

شیلا دروازے کی سمت بڑھ گئی۔ وہ پیچھے مڑ کر دیکھے بغیر یہ جانتی تھی کہ رازی کی نگاہیں اس کا تعاقب کر رہی ہیں۔

○

شیلا جب واپس گیسٹ ہاؤس پہنچی تو اس کا دفتر بند ہو چکا تھا۔ مگر اندر روشنی تھی۔ شاید ٹی۔وی پر مار دھاڑ والی کوئی فلم آرہی تھی۔

شیلا نے اپنی بیوک کمپاؤنڈ کے اندر ایک کونے میں پارک کر دی۔ وہ ابھی تک غصے میں تھی — اداس بھی۔ اس کے دماغ میں آندھیاں سی چل رہی تھیں۔ سانسوں کی رفتار تیز تھی۔ اس نے زور سے دھکا دے کر کمرے کا دروازہ کھولا اور لائٹ آن کر دی۔

"خوش آمدید!" ایک ساتھ دو آوازیں اس کے کانوں سے ٹکرائیں شیلا کی جگہ کوئی اور ہوتا تو ڈر سے گھگھی بندھ گئی ہوتی۔ وہ حیران نگاہوں سے کمرے کا جائزہ لینے لگی۔

"گڈ ایوننگ مادام!" وہ دونوں پھر ایک ساتھ بولے۔"آپ ہمیں یہاں دیکھ کر حیران ہو رہی ہوں گی!" وہ دونوں غنڈوں جیسا لباس پہنے ہوئے تھے۔ ٹائیوں پر نیم برہنہ عورتوں کی تصویریں بنی ہوئی تھیں۔ گرودر آگے بڑھا۔ شیلا ایک لمحے کے لیے گھبرا گئی۔ گرودر نے دروازہ اندر سے بولٹ کر دیا۔

اب وہ دونوں بڑے بیہودہ انداز میں مسکرا رہے تھے۔

"چلے جاؤ یہاں سے!" شیلا پھنکاری —"ورنہ مجھے انچارج کو بلانا پڑے گا —"

گرودر بستر کے ایک کونے پر ٹک گیا۔ کمار کے کوٹ کی اوپری جیب سے ایک خنجر جھانک رہا تھا۔

"انچارج!" اس نے اطمینان سے جواب دیا۔"ارے وہ تو کمار کا پرانا دوست ہے!"

شیلا خونخوار نظروں سے ان دونوں کو گھور رہی تھی۔

"ہم دونوں اب یہاں سے جا رہے ہیں — یہ ملک ہی چھوڑ

رہے ہیں!" گرد ور بولا۔
"اچھا ہے چلے جاؤ — !" شیلا نے غصیلے لہجے میں جواب دیا۔
"ہم بس یہاں اپنے کچھ ساتھیوں سے رخصت ہونے کے لیے آئے تھے — اچھا ہوا کہ آپ سے بھی ملاقات ہوگئی —" گرد ور اس کی آنکھوں میں جھانکتا ہوا بولا۔ پھر ایک لمحے کے لیے ٹھٹک کر اس نے کمار کو مخاطب کیا —
"کمار! تم عجیب جانگلوش ہو! ڈاکٹر شیلا ماتھر ایک معزز خاتون ہیں۔ تم نے انھیں سلام تو کیا مگر ٹوپی نہیں اتاری — محترم خاتون کو کرسی پیش کرو ورنہ یہ کھڑے کھڑے تھک جائیں گی۔"
کمار نے اپنی ٹوپی اتار دی۔
"میں کھڑی ہی رہوں گی — اور کمار — تم ٹوپی پھر پہن لو تمہارے لفنگوں جیسے بال بہت برے معلوم ہوتے ہیں — !"
"اچھا ڈاکٹر! اب ہم معاملے کی باتیں کریں —" گرد ور نے چہرے پر سنجیدگی طاری کرتے ہوئے کہا۔
شیلا نے سوالیہ نظروں سے اس کی طرف دیکھا۔
ہم تمھارے بارے میں چند ایسی اطلاعات فراہم کر چکے ہیں — جن کا دوسروں تک پہنچنا تمھیں اچھا نہ لگے گا۔
گرد ور مسکرا رہا تھا۔ کمار نے بھی اپنے دانت نکال دیے۔
"تم دونوں بہت خوش نظر آرہے ہو — یہ نئے کپڑے تمھیں کہاں مل گئے — خاصے قیمتی ہیں!" شیلا نے اپنی گھبراہٹ پر قابو پانے کی کوشش کی۔ دونوں زور سے ہنس پڑے۔
"ابھی بتاتا ہوں!" گرد ور نے کہا — "ہم دونوں سڑک پر ٹہل رہے تھے۔ ایک شکار ہاتھ لگ گیا — یہ سب اسی کی کرامت ہے۔"

"ہوں! شیلا انھیں گھور رہی تھی — "اور اب — تمھارا انتظار انسپکٹر رازی کر رہا ہے۔ تم دونوں کے خلاف گرفتاری کا وارنٹ جاری ہو چکا ہے!"

"انسپکٹر رازی؟" گرودر تھوک نگلتا ہوا بولا۔

"ہاں!"

"آخر ہم نے کیا کیا ہے؟ ہم لوگ بے گناہ ہیں۔ امن پسند شہری ہیں۔ آخر اسے ہماری تلاش کیوں ہے؟"

"ممکن ہے — کارمن کے سلسلے میں ہو!"

"کارمن وہ غریب اینگلو انڈین — اسے ہم نے تو چھوا بھی نہیں۔ ہم چپ چاپ بیٹھے کچھ شغل کر رہے تھے۔ اسے خون کی ایک قے ہوئی — پھر وہ مر گیا۔" گرودر سکون آمیز انداز میں بولا، جیسے کوئی دلچسپ کہانی سنا رہا ہو۔

"اچھا تو یہ بات ہوئی؟" شیلا نے اس طرح کہا گویا اسے گرودر کے بیان پر سو فی صد یقین رہا ہو۔

ہاں۔ اور نہیں تو کیا۔ رازی جیسوں کو میں خاطر میں نہیں لاتا ہم کارمن کی طرح جیب کترے تو نہیں ہیں — ہمیں اس کی موت کا افسوس ہے۔ مگر وہ بڑا منحوس آدمی تھا۔ ہم تو شریف آدمی ہیں —!

"میرا پرس تم نے چھینا تھا کیوں؟"

"پرس؟"

ہاں — تم شاید مجھے خوفزدہ کرنا چاہتے تھے — اس رات جب میں مالتی کو دیکھنے ڈفرن روڈ گئی تھی — تمھیں یہ اندیشہ تھا کہ میں کہیں اس کا حمل ساقط نہ کردوں۔ تم تو اس بہانے بلیک میلنگ کرنا چاہتے تھے — میں اس وقت کارمن سے باتیں کر رہی تھی۔

تم مجھ پر حملہ کرنا چاہتے تھے — مگر پرس دیکھتے ہی تمھاری نیت بدل گئی اور تم اسے جھپٹ کر فرار ہو گئے!"

"میں نے تمھارا پرس نہیں لیا تھا۔" گرو ور بھاری آواز میں بولا۔

کمار کے ہونٹوں میں دبا ہوا سگریٹ کپکپانے لگا۔ اس نے ہکلاتے ہوئے کہا — "میں نے بھی پرس کو ہاتھ نہیں لگایا —"

"تم چپ رہو۔ میں گرو ور سے کہہ رہی تھی —!"

"مگر تم نے مجھے بھی گھورا تھا ڈاکٹر!"

"آنکھیں ہر طرف دیکھ لیتی ہیں —!"

"لیکن تم تو میری طرف اس طرح دیکھ رہی تھیں جیسے میں نے ہی وہ پرس چرایا ہو!"

"ابے لمڈھک بند کر اپنی چونچ —" گرو ور نے کمار کو ڈانٹا۔

"اب ہمیں یہاں سے چلنا چاہیے!"

"چلو چلیں!" کمار اٹھ کھڑا ہوا۔

"تم دونوں غلطی کر رہے ہو — اس سے پہلے بھی کئی غلطیاں کر چکے ہو۔ اب آخری غلطی تمھیں مہنگی پڑے گی —"

"اوہنہ!" گرو ور نے لاپروائی سے شانے اچکائے۔ "چلو کمار — اٹھو!"

"مگر چلنا کہاں ہے؟"

"تم گدھے ہو — اٹھو!" گرو ور نے پھر اسے جھڑک دیا۔

دونوں ساتھ ساتھ باہر نکلے۔ گرو ور نے دروازہ باہر سے بھیڑ دیا۔ ہزار کوششوں کے باوجود وہ اپنی گھبراہٹ چھپا نہیں سکا تھا۔ کوئی پندرہ سیکنڈ کے بعد شیلا کو کسی گاڑی کے اسٹارٹ ہونے کی آواز سنائی دی۔ وہ جلدی سے باہر نکلی۔ مگر یہ اندازہ

لگانا مشکل تھا کہ گاڑی کس سمت کو گئی ہے۔

گیسٹ ہاؤس کا انچارج داس دفتر سے نکل کر جماہیاں لے رہا تھا۔

"میں نے کسی کار کے اسٹارٹ ہونے کی آواز سنی تھی!" اس نے شیلا کو سلام کرتے ہوئے کہا

"ہاں میں نے بھی!"

"آپ کے کچھ دوست آئے تھے۔ ان سے ملاقات ہو گئی؟"

"ہاں!"

"کوئی خدمت میرے لائق؟" داس نے پھر جماہی لی۔ "سوری ڈاکٹر! نیند آرہی ہے!"

"میں ذرا فون کرنا چاہتی ہوں!"

"پرائیویٹ کال!"

"ہاں!"

"تو میں کھڑا رہوں گا۔ آپ آفس میں جا کر فون کر لیجیے۔ میں کبھی بھی یہ پسند نہیں کرتا کہ چھپ کر دوسروں کی باتیں سنی جائیں!"

شیلا نے ڈائمنڈ بار کے نمبر ملائے۔ رازی وہاں سے جا چکا تھا۔ اب سوائے اس کے کوئی چارہ نہیں تھا کہ انتظار کیا جائے۔ وہ آفس سے نکل کر داس کو "شب بخیر" کہتی ہوئی اپنے کمرے کی طرف بڑھ گئی۔ کھڑکی سے ملحق ایک کرسی پر بیٹھ کر وہ باہر کا منظر دیکھتی رہی۔ چاند پہاڑیوں کی اوٹ میں چھپ گیا تھا۔ دور آنند پربت کی چوٹی پر واقع مندر کی چوکھٹ پر ایک دیا ٹمٹا رہا تھا۔ رات ہمیشہ کی طرح پُراسرار تھی۔ روشنی کے کتنے نقش اس کی تہوں میں چھپے ہوئے تھے۔ شیلا کا دل بھر آیا۔ اسے ایسا لگا کہ ابھی رو پڑے گی۔ آنسو پلکوں سے ڈھلک کر باہر آجائیں گے ــــ داس، مالتی

اور ریکھا جیسی معصوم ہستیوں کے لیے —— اور —— اور شاید کمار اور گرو ور جیسے بدمعاشوں اور اچکوں کے لیے بھی ——!

○

دوسری صبح پو پھٹتے ہی وہ واپسی کے سفر پر چل پڑی۔

اس نے گیسٹ ہاؤس کے چوکیدار کو نوٹوں سے بھرا ہوا ایک لفافہ دیا کہ داس کے حوالے کر دے۔ اس کے ساتھ داس کے نام ایک مختصر نوٹ بھی تھا جس میں اس نے داس کا شکریہ ادا کیا تھا اور یہ معذرت بھی کہ وہ اچانک گیسٹ ہاؤس سے جا رہی ہے۔

رام گڑھ کی سرحد سے کچھ پرے، تین باوردی پولیس انسپکٹر موجود تھے۔

بیچ کی سنسان گلی کے نکڑ پر اچانک شیلا رک گئی۔

اس کے بائیں طرف چار بچوں اور ایک کتے کے ساتھ ایک عورت کھڑی تھی —— اس سے ذرا دور پر رازی کی کار۔ خود رازی کا پتا نہیں تھا۔

شیلا نے کار سڑک کے کنارے پارک کی۔ بیگ سے کنگھی نکال کر اپنے بال درست کرنے لگی۔ اتنے میں رازی نظر آ گیا۔ وہ ایک پوسٹر کے قریب کھڑا کنکھیوں سے شیلا کی جانب دیکھ رہا تھا۔ شیلا کو اس کا یہ انداز پسند نہیں آیا۔ پہلے تو اس نے سوچا کہ رازی کو نظر انداز کرتی ہوئی آگے نکل جائے۔ پھر اس سے نہیں رہا گیا۔

" تو تم میرا پیچھا کر رہے ہو؟" شیلا کے لہجے میں دبا دبا سا غصہ تھا۔

رازی نے منہ بنایا —— " اے نیک بی بی! تم تو ہوا سے لڑتی ہو! کبھی تو میرے بارے میں ذرا بھلے مانسوں کا رویہ اختیار کرو!

دوستوں کے لیے جان ہتھیلی پر لیے پھرتا ہوں!"

"پھر تم یہاں کیا کر رہے ہو؟"

ایک پولس انسپکٹر کار کے قریب آیا۔

"محترمہ آپ کوئی ایسی چیز تو نہیں لیے جا رہی ہیں جس پر پابندی ہو!"

کیا مطلب؟ شیلا نے آنکھ دکھائی۔

"ان کا مطلب ہے گانجا ـــ چرس ـــ افیون ـــ!" رازی نے وضاحت کی۔

"تم چاہو تو کار کی تلاشی لے سکتے ہو۔ لیکن تمھیں بدمعاشوں اور شریف انسانوں میں تمیز کرنی چاہیے ـــ بلا وجہ مجھے دیر کرانا چاہتے ہو۔!"

"معاف کیجیے گا میڈم! چیکنگ تو میری ڈیوٹی ہے!"

رازی نے شرارت بھری نظروں سے شیلا کی طرف دیکھا۔ لپک کر اپنی کار پر گیا اور انجن اسٹارٹ کر دیا۔ کچھ آگے جا کر اس نے کھڑکی سے ہاتھ ہلایا ـــ شیلا کو ابھی تقریباً سو میل کا سفر طے کرنا تھا۔ اس نے کار کا ایکسیلیٹر زور سے دبایا۔ اس کی بیوک ہوا سے باتیں کرنے لگی۔ رازی کا دور دور پتا نہیں تھا۔ ہو سکتا ہے وہ شیلا کو چکمہ دے کر کسی اور راستے سے نکل گیا ہو یا واپس رام گڑھ چلا گیا ہو ـــ گھنٹے بھر بعد شیلا کو بھوک محسوس ہوئی۔ اس نے کار روک دی۔ سامنے پھلوں کی دکان اور ایک بیکری والے کا اسٹور تھا۔ شیلا نے وہاں سے کچھ چیزیں خریدیں اور کار میں بیٹھ کر کھانے لگی ـــ وہ رازی کے بارے میں سوچ رہی تھی۔ اس کی کار کو جا لینے کی خواہش بچکانہ تھی ـــ یہ بات شیلا کے ذہن میں آئی ـــ مگر وہ رازی پر واضح کر دینا چاہتی تھی کہ اسے کسی سہارے کی ضرورت نہیں اور اس قصبے میں بغیر کسی کی مدد کے وہ اپنی تلاش جاری رکھ سکتی ہے ـــ

عجیب بات تھی کہ رازی کے سامنے اس کی خود اعتمادی ہوا ہو جاتی تھی۔ اسے اپنی اس کمزوری پر غصہ بھی آتا تھا۔۔ مگر مجبوری ـــ رازی کی موجودگی میں اس کا حال ایک ایسی ناتجربہ کار الھڑ لڑکی کا ہوتا تھا جو ذرا سی بات پر ہنستے ہنستے روٹھ بھی جاتی ہے!

راستے میں کئی پر فضا مقامات تھے۔۔ ایک جھیل کے کنارے دور تک باغ پھیلا ہوا تھا۔ یہاں سیاحوں کی بھیڑ دن بھر رہتی تھی۔ شیلا نے کئی گھنٹے وہاں ایک بنچ پر بیٹھے بیٹھے گزار دیے۔ رکتی رکاتی جب وہ اپنے شہر کے حدود میں داخل ہوئی تو شام گہری ہو چلی تھی شیلا کو ایسا محسوس ہوا جیسے وہ کسی انجانے جزیرے کے سفر سے واپس لوٹی ہے۔ رگ و پے میں ایک تھکن جاری تھی اور اس کا بدن بری طرح ٹوٹ رہا تھا۔

اپنی رہایش گاہ کے سامنے پہنچ کر اس نے گیرج کی جانب نظر اٹھائی اور چونک پڑی۔ اسے اچھی طرح یاد تھا کہ جاتے وقت وہ گیرج کھلا چھوڑ گئی تھی۔ اس وقت اس کے دونوں کواڑ بند تھے۔ شیلا سوچنے لگی ـــ یہ کس کی حرکت ہو سکتی ہے ـــ راجن ـــ شالنی ـــ پوسٹ مین ـــ کلینک کا کوئی اور ملازم ـــ یا شاید رازی ـــ!!!

وہ کار سے اتر کر آگے بڑھی۔ دونوں کواڑ بھڑے ہوئے تھے لیکن پھاٹک مقفل نہیں تھا۔ آس پاس تاریکی تھی۔ شیلا نے پھاٹک کھولنے کے لیے ہاتھ بڑھایا۔ اس کے جسم میں ایک سرد لہر سی دوڑ گئی اور ہاتھ کانپ کر رہ گئے ـــ سانسیں تیز تیز چلنے لگیں ـــ پھر اس نے پھاٹک پوری طرح کھول دیا۔ اندر ایک کار کھڑی تھی ـــ نیلے رنگ کی فورڈ۔ شیلا نے انجن کے ہڈ پر ہاتھ رکھ دیا۔ ہڈ بالکل ٹھنڈا تھا ـــ تو یہ گاڑی یہاں بہت دیر سے موجود ہے ـــ شیلا سوچنے لگی۔

اس نے کار کے اندر جھانک کر دیکھا۔ سر سے پیر تک وہ ایک لمحہ ٹھٹھکی۔ سیٹ کے نیچے فرش پر کمار اور گرو ورد محبت کرنے والوں کی طرح ایک دوسرے سے لپٹے پڑے تھے۔ گرو ورد کا سر کمار کے سینے سے لگا ہوا تھا اور کمار کی پیشانی میں دو سوراخ تھے۔ اس کے باوجود چہرے پر اتھاہ سکون۔ جیسے یہ موت مالی کی موت سے کہیں زیادہ آسان رہی ہو! ایسا لگتا تھا کہ دونوں گہری نیند سو رہے ہیں۔ بس ماتھے کے سوراخ بھیانک دکھائی دیتے تھے۔ شیلا نے ایک جھرجھری سی لی۔

سیٹ پر ایک خنجر پڑا ہوا تھا۔ یہ خنجر پچھلی رات شیلا نے کمار کے پاس دیکھا تھا۔ اس کی دھار بالکل صاف تھی۔

شیلا لڑکھڑاتی ہوئی باہر نکل آئی۔ ایک لمبی چیخ اس کے گلے میں گھٹ کر رہ گئی تھی۔

باہر ٹیلی فون کے تار پر بیٹھا ایک اکیلا پرندہ اپنے پر پھڑپھڑا رہا تھا۔

O

یکایک تیز روشنی میں اس کا سارا جسم نہا گیا۔

سڑک پر آتی ہوئی ایک کار گیریج کے ٹھیک سامنے آ رکی تھی اس کی ہیڈ لائٹس روشن تھیں۔

شیلا اس گاڑی کو دور سے پہچان سکتی تھی — اندر ہی اندر اس کا دل ڈوبنے لگا — رازی نے ٹھیک ہی کہا تھا — میں کسی دلدل میں پھنستی جا رہی ہوں — مگر اب کیا ہو سکتا ہے — رازی اس کا تعاقب تو نہیں کرتا رہا ہے؟ کہیں وہ گیریج میں نہ آجائے — نہیں — اس پر بھروسا نہیں کیا جا سکتا۔ پہلے راجن کو اطلاع ہو جانی چاہیے — ایک ساتھ بہت سی باتیں، بہت سے گڈمڈ

خیالات اس کے ذہن میں آئے۔ وہ تقریباً بھاگتی ہوئی سڑک پر پہنچی ــــ رازی نے انجن بند کر دیا تھا۔ اس نے گہری نظر سے شیلا کی طرف دیکھا۔ ہونٹوں پر وہی شرارت آمیز مسکراہٹ۔ پھر اس کی نگاہیں سارے ماحول کا جائزہ لینے لگیں۔

"کیا گیرج نہیں کھل رہا ہے؟ میں مدد کروں؟" رازی نے گیرج کے باہر شیلا کی کار پر نظریں جمائے ہوئے سوال کیا۔

"نہیں نہیں! تمھیں زحمت کرنے کی ضرورت نہیں!" وہ جلدی سے بولی۔

"تو جاکر خود ہی کھول لو!"

"میں کار باہر ہی چھوڑ دوں گی۔ کیا پتا کسی مریض کی طرف سے بلاوا آجائے، میں یہاں سے غائب تھی نا!"

"مگر تمھارے مریضوں کو تو چندرن دیکھ رہا ہے!"

"بحث مت کرو۔ میں اس وقت بہت تھکی ہوئی ہوں۔ میں تم سے بس اتنا چاہتی ہوں کہ اب مجھے تنہا چھوڑ دو۔"

"تم مجھے ہمیشہ بھگانے کے چکر میں رہتی ہو۔ یہ بات میرے لیے بہت تکلیف دہ ہے!" رازی نے کسی ضدی بچے کی طرح پیر پٹختے ہوئے کہا۔

"پلیز رازی! اس وقت چلے جاؤ!"

"ٹھیک ہے ــــ میں چلا جاتا ہوں! میں تو صرف یہ دیکھنے آیا تھا کہ خیریت سے پہنچ گئیں یا نہیں!"

دیکھو! میں آرام سے پہنچ گئی ــــ! شیلا گھبرائے ہوئے لہجے میں بولی۔

"ہاں ہاں! وہ تو میں دیکھ رہا ہوں۔ لیکن تم اتنی حواس باختہ کیوں ہو؟"

"تو تم میری مزاج پرسی کے لیے نہیں آئے ہو بلکہ میرا پیچھا کر رہے ہو!" شیلا کی بھویں تن گئیں۔

"کیوں؟"

"کیونکہ تمھارے خیال میں موت کی ان وارداتوں سے میرا کچھ نہ کچھ تعلق ضرور ہے!"

"کون سی وارداتیں؟ میں تو بس ایک موت کے بارے میں جانتا ہوں۔ وہ بھی قتل نہیں خودکشی کا نتیجہ تھی ـــ!"

رازی شیلا کی کار کی سمت بڑھا۔ شیلا کا دم اٹکنے لگا۔ رازی نے شیلا کی کار کا انجن لاک کیا اور چابیاں اس کی طرف بڑھا دیں۔ وہ ابھی تک اپنے اعصاب پر قابو نہیں پا سکی تھی۔ چابیوں کا گچھا گھاس پر گر پڑا۔

"یہ تمھاری چابیاں ہیں!" رازی بولا۔

"اوہ ہاں!"

دونوں ایک ساتھ وہ گچھا اٹھانے کے لیے جھکے اور آپس میں ٹکرا گئے۔ شیلا اس طرح بوکھلا کر پیچھے ہٹی جیسے اسے ڈر رہا ہو کہ رازی اس پر اچانک حملہ کر بیٹھے گا۔

"میں تمھارے لیے زہر ہوں!" رازی نے ہونٹ سکوڑتے ہوئے کہا۔

"نن ـــ نہیں تو ـــ!" شیلا کھوئے کھوئے سے لہجے میں بولی۔

"آج رات تم مکمل آرام کرو گی ـــ کسی بھی مریض کی کال اٹینڈ نہیں کرو گی۔ سمجھیں؟ میں تمھاری کار یہاں سے ہٹائے دیتا ہوں!"

"نہیں ـــ نہیں! خدا کے لیے اب تم جاؤ!"

"آخر بات کیا ہے؟ کیا تم مجھ سے کچھ چھپانا چاہتی ہو؟"

"نہیں!"

"شاید گھر میں راجن موجود ہے۔ تم اسی لیے مجھے بھگا رہی ہو؟"

"نہیں — تم چاہو تو پورے گھر کا چکر لگا سکتے ہو!"

"چلو — اسی بہانے چند لمحے تمھارے ساتھ —" رازی نے اس کی اٹیچی ڈکی سے نکال لی۔ پھر اس کے ساتھ ساتھ آگے بڑھ گیا۔ شیلا نے ڈرائنگ روم میں پہنچ کر لائٹ جلا دی۔

"دیکھ لو! یہاں کچھ ہے؟" اس نے مرجھائی ہوئی آواز میں کہا۔

"نہیں!"

"کوئی اسلحہ؟ کوئی لاش؟"

"نہیں — مجھے ایسی کوئی تلاش نہیں۔ مجھے صرف راجن کی توقع تھی!"

"تم اسے کیوں ڈھونڈ رہے ہو!"

"اس کی بیوی ریکھا کی رپورٹ پر — ریکھا نے یہ رپورٹ کی ہے کہ راجن دو روز سے لاپتا ہے!"

"لاپتا ہے؟"

"ہاں — کہاں ہے وہ؟"

"میں کیا بتا سکتی ہوں؟ پھر اس کے کہیں بھی آنے جانے سے میرا کیا تعلق؟ تمھیں بھی اس سے مطلب نہیں رکھنا چاہیے!"

"راجن کہاں ہے؟" رازی کا لہجہ سخت تھا۔

"میں نہیں جانتی۔" شیلا نے کپکپاتی ہوئی آواز میں جواب دیا۔ "کل کے بعد سے وہ مجھے نہیں دکھائی دیا۔ میں نے اسے بتایا تھا کہ میں رام گڑھ جا رہی ہوں!"

"وجہ بھی بتائی تھی تم نے؟"

"ہاں!"

"اور اس نے تمھیں جانے سے روکا تھا؟"

"نہیں!"

"تم جھوٹ بول رہی ہو!"

"اس نے مجھے رکنے پر مجبور نہیں کیا تھا۔"

"مگر کہا تو تھا!"

"تم بلا وجہ ایک ذرا سی بات کے پیچھے پڑے ہوئے ہو۔ تمھیں ہمارے تعلقات کا پتا ہے۔ ظاہر ہے کہ راجن کو میری دو دن کی جدائی بھی گراں گزرتی ہے۔ اسی لیے اس نے ایک دو بار مجھ کو روکنا چاہا تھا۔ آخر اور کیا وجہ ہو سکتی ہے!"

"میں کئی وجہیں سوچ سکتا ہوں!"

"تم اس کے خلاف کچھ بھی سوچ سکتے ہو ــــ وہ بھی تمھارے بارے میں اچھی رائے نہیں رکھتا!"

"اونہہ!" رازی نے لاپروائی سے گردن جھٹک دی ــــ پھر سگریٹ کے لمبے لمبے کش لیتے ہوئے کہا "ٹھیک ہے ــــ میں واقعی برا آدمی ہوں ــــ مگر بروں کے لیے۔ ویسے میں اس وقت تمھارے لیے گرودا اور کمار کے سلسلے میں کچھ خبریں لے آیا ہوں!"

شیلا کو ایسا لگا کہ اس کے بدن میں خون کا آخری قطرہ بھی خشک ہو چکا ہے۔

"کیسی خبریں؟" اس نے ہونٹوں پر زبان پھیرتے ہوئے سوال کیا۔

"وہ دونوں غائب ہیں۔ کوئی اتا پتا نہیں۔ میں کمار سے ملنا چاہتا تھا۔ اس نے ایک سیکنڈ ہینڈ فورڈ خریدی ہے۔ آخر یہ روپیا اسے کہاں سے ملا؟ میں اسی ٹوہ میں ہوں!"

اتنے میں ٹیلی فون کی گھنٹی بجی ــــ شیلا کا جی دھک سے رہ گیا۔ اپنی گھبراہٹ کو چھپانے کی کوشش میں وہ بڑی بے دلی سے فون

کی طرف دیکھنے لگی۔

"میں اٹھاؤں؟" رازی نے کہا۔

"نن نہیں نہیں۔ میں خود دیکھتی ہوں!" شیلا آگے بڑھ گئی۔

"ہلو! شیلا ماتھر اسپیکنگ!"

"اوہ شیلا — یہ میں ہوں ریکھا۔ میں آج دن بھر تمھارا انتظار کرتی رہی۔ شالنی نے مجھے ڈاکٹر چندرن سے رابطہ قائم کرنے کا مشورہ دیا تھا۔ لیکن میں نے انکار کر دیا۔ میں تمھارے علاوہ کوئی ڈاکٹر نہیں چاہتی —"

شیلا نے رازی کی طرف دیکھا۔ وہ خاموش کھڑا تھا — شاید اس فکر میں کہ فون پر ہونے والی بات چیت سمجھ سکے —

"یہ میری پرائیویٹ کال ہے۔ میرے ایک مریض کی۔ تمھیں اس سے کوئی دلچسپی نہ ہونی چاہیے!" شیلا نے غور سے اس کی طرف دیکھتے ہوئے کہا۔

رازی نے جواباً اس پر ایک گہری نظر ڈالی۔ اس نے کچھ کہا نہیں۔

"یس! ہلو — کوئی اور بات؟"

"میں بالکل اکیلی ہوں۔ گھر کاٹنے کو دوڑ رہا ہے۔ ڈر رہی ہوں!" ریکھا کی آواز آئی۔

"ارے گھبرانے کی کوئی بات نہیں!" شیلا نے دلاسا دیا۔

"پلیز شیلا — آجاؤ! بس پندرہ منٹ کے لیے۔ میں اس وقت تمھیں ڈاکٹر کی حیثیت سے نہیں، اپنی دوست کی حیثیت سے بلا رہی ہوں!"

"کیا کوئی خاص بات؟"

"ہاں!" ریکھا کی آواز کانپ رہی تھی۔

"کیا ہوا؟"

"اس نے مجھے جان سے مارنے کی کوشش کی۔ وہ کہہ رہا تھا کہ مجھ سے نفرت کرتا ہے۔ وہ ہمیشہ مجھ سے نفرت کرتا رہا ہے!"

شیلا یہ سوچ کر گھبرا گئی کہ کہیں رازی نے ان باتوں کی سُن گُن نہ لے لی ہو۔ سلسلہ ختم کرنے کے لیے اس نے جلدی سے کہا: "ٹھیک ہے ڈیر! میں دس منٹ میں پہنچ رہی ہوں۔"

پھر وہ رازی کی طرف مڑی —— "مجھے ایک جگہ جانا ہے!"

"وہ تو میں نے سن لیا!"

"تو اب ——" شیلا نے دروازے کی طرف اشارہ کیا۔

"اور اگر میں رکنا ہی چاہوں تب —— یہاں میں آرام کروں گا۔ تم جہاں جانا چاہو چلی جاؤ! میں راجن کا انتظار کر رہا ہوں!"

شیلا کی آنکھیں گہری اداسی میں ڈوب گئیں۔ اس نے اپنا دواؤں کا بکس اٹھایا۔ باہر آ کر گیرج مقفل کیا اور اپنی کار میں بیٹھ گئی۔

نہ تو اس نے رازی کی جانب مڑ کر دیکھا، نہ رازی نے کچھ کہا۔ وہ ایک صوفے پر نیم دراز جیب سے سگریٹ کا پیکٹ نکال رہا تھا۔

آخری پڑاؤ

رات کے نو بجے تھے۔

صبح سے ہوائیں بہت تیز چل رہی تھیں۔ پام کے پیڑ اپنے ڈینے پھیلائے ہانپ رہے تھے۔ موسم ابر آلود تھا۔

سڑک سے راجن ولا کو دیکھنا مشکل تھا۔ درختوں کی ایک قطار اس طرح کھڑی تھی کہ اس سے پرے کچھ نظر نہیں آتا تھا۔ یہ عمارت فن تعمیر کا نہایت دلکش نمونہ تھی۔ اونچی اونچی محرابیں، ستون، کشادہ اور روشن دریچے —— سامنے خوب بڑا سا لان تھا۔ اس سبزہ زار کو دیکھ کر شیلا ہمیشہ بیزاری سی محسوس کرتی تھی۔ پودوں کی ترتیب، روشوں اور تختوں کے ڈِزائن میں اتنا تصنع تھا کہ ان کا فطری حسن زائل ہو کر رہ گیا تھا۔ اس سلسلے میں رکھیا بہت سخت تھی۔ اپنے ملازموں کو وہ بے حد عزیز رکھتی تھی۔ لیکن انھیں اجازت نہیں تھی کہ وہ لان کی گھاس پر قدم بھی رکھ سکیں۔

رات بھر پورے سبزہ زار پر روشنی رہتی تھی۔ فوارے چلتے رہتے تھے۔ جیسے سب کچھ دوسروں کو دکھانے اور مرعوب کرنے کے لیے ہو۔

شیلا کو دیکھ کر کئی کتے دم ہلانے لگے۔ اب وہ اس کے پاؤں کی چاپ بھی پہچاننے لگے تھے۔

ریکھا کے تینوں چہیتے کتے اوپری منزل پر اسی کے ساتھ رہتے تھے۔ شیلا پر نظر پڑتے ہی ریکھا کسی بچے کی طرح کھل اٹھی۔

"ڈاکٹر! تم آگئیں ــــ مجھے کل رات سے سانس لینے میں کچھ دشواری ہو رہی ہے!"

"بہتر ہوگا کہ تم چند روز مکمل آرام کرو!"

"آرام تو کرتی ہی ہوں!"

شیلا نے اس کی نبض پر ہاتھ رکھا ــــ "اب تو تمھارا بخار بھی اتر چکا ہے!"

"ہاں! مجھے بھی ایسا ہی لگتا ہے!"

ریکھا اس وقت فوم کے بستر پر پڑی ہوئی تھی۔ شیلا نے اچانک اس کی گردن پر نظر ڈالی۔ وہاں انگوٹھے کے ناخن کے برابر نیلا نشان تھا۔ ریکھا کی آنکھیں یک بیک ڈبڈبا گئیں۔

"اس نے مجھے مار ڈالنے کی کوشش کی تھی ــــ" وہ بھرائی ہوئی آواز میں بولی ــــ "کتنی بار وہ کہہ چکا ہے کہ مجھے مار ڈالے گا۔ اس نے شاید یہی کوشش کی تھی۔ اگر میرے کتے پاس نہ ہوتے تو جانے کیا ہو جاتا۔ وہ تو انھیں بھونکتے دیکھ کر الگ ہٹ گیا ــــ بزدل ــــ اس کے بعد سے اب تک غائب ہے۔ اس کی صورت نہیں دکھائی دی۔"

شیلا کا دل ڈوبنے لگا۔ بس اتنا کہہ سکی ــــ "غصے میں آدمی کبھی کبھی پاگل ہو جاتا ہے۔ تم زیادہ اثر نہ لو!"

"وہ غصے میں نہیں تھا۔ میں نے ایسی کوئی بات ہی نہیں کی

تھی جس پر اسے غصہ آجائے۔ رات وہ دیر سے گھر آیا تھا ــــ میں نے بس اتنا پوچھ لیا تھا کہ تم کہاں تھے؟ بس یہ سوال غضب ہو گیا۔ اس نے بہت درشت لہجے میں کہا ــــ جہنم میں ــ اس کے بعد نہ جانے کیا کیا اول فول بکنے لگا۔ میں نے جواب دیا تو مجھ پر جھپٹ پڑا ــــ تم تو اسے جانتی ہی ہو!"

"ہاں!" شیلا کو اپنا لہجہ بھی اجنبی محسوس ہوا۔

"مگر اس کی شخصیت ویسی نہیں جیسی دکھائی دیتی ہے۔ اوپر سے وہ بہت نرم، بہت مہذب اور سنجیدہ ہے۔ اندر سے اتنا ہی سخت گیر، گنوار اور بے ہودہ ہے۔ میں ہی جانتی ہوں کہ اس کے ساتھ گزارا کس طرح کر رہی ہوں۔ وہ بہت بے رحم شخص ہے۔ دوسرے کے جذبات کا اسے کوئی لحاظ نہیں۔ میں اسے ہر طرح خوش رکھنے کی کوشش کرتی ہوں ــــ کچھ اپنا خیال، کچھ دنیا کا خیال۔ مگر وہ میری طرف اس طرح دیکھتا ہے جیسے مجھے کھا جائے گا۔ کسی کیڑے کی طرح مجھے جوتے سے مسل کر رکھ دے گا۔ اب اسے میری کوئی بات اچھی نہیں لگتی۔"

"تم نے یہ سب مجھے پہلے نہیں بتایا۔" شیلا سنجیدگی سے بولی۔

"ظاہر ہے! مجھے اپنی عزت اور وقار کا خیال تھا۔ میں نہیں چاہتی تھی کہ یہ باتیں گھر کی چہار دیواری سے آگے جائیں ــــ شیلا! سچ تو یہ ہے کہ مجھ سے اب وہ اکتا چکا ہے۔ یہ کوئی ایسی بات نہیں جس کا میں ضرورت سے زیادہ اثر لیتی۔ کتنے ہی لوگ بیوی سے بیزار ہو کر کسی بازاری عورت کے چکر میں پھنس جاتے ہیں۔ میں تو کہتی ہوں وہ تمام عورتیں، چاہے بظاہر کتنی ہی معصوم اور شریف کیوں نہ ہوں، بازاری ہوتی ہیں ــــ ذلیل اور آوارہ مزاج۔!"

آفتاب جلالی

شیلا کا چہرہ پتھر کی طرح سخت ہوگیا۔
"کاش مجھے یہ پتا چل سکتا کہ وہ کمین عورت کون ہے جس نے راجن کو گمراہ کیا ہے۔ میں اس کے پاس کم سے کم ایک بار ضرور جاتی۔"
"کس لیے؟"
"یہ کہنے کے لیے وہ کتنا ذلیل کام کر رہی ہے۔ وہ دو زندگیاں تباہ کر رہی ہے۔ ایک گھر تباہ کر رہی ہے!"
شیلا بت بنی سنتی رہی۔ ریکھا نے پھر کہا ــــ
آج صبح ایک پولس آفیسر یہاں آیا تھا ــــ انسپکٹر رازی ــــ یہ تمام پولس والے غیر مہذب ہوتے ہیں۔ میں نے اسے بتلا دیا کہ راجن گھر سے غائب ہے۔ پھر بھی وہ بلا تکلف اس کے کمرے میں گھس گیا اور ٹائپ رائٹر پر کچھ ٹائپ کرنے لگا۔ اس کے بعد اس نے مجھ سے عجیب عجیب سوال کیے۔ بہت مضحک سوالات ــــ مثلاً یہ کہ راجن دسمبر کے آخری ہفتے میں کہیں سفر پر گیا تھا یا نہیں ــــ اس کا وقت اپنے آفس کے علاوہ زیادہ تر کہاں گزرتا ہے۔ وغیرہ وغیرہ۔ اس نے یہ بھی پوچھا کہ میرے اور اس کے تعلقات کیسے ہیں؛ میں کیا بتاتی؛ اپنی عزت اور وقار، اپنی حیثیت اور مرتبے کا خیال۔"
شیلا اب رازی کے بارے میں سوچ رہی تھی۔ اس کا دل بہت تیزی کے ساتھ دھڑک رہا تھا۔
"اگر مجھے معلوم ہو جاتا کہ وہ کہاں ہے تو شاید مجھے سکون کی نیند آجاتی!"
"میں تمھیں خواب آور گولیاں دے دوں گی!"
"نہیں نہیں!" ریکھا چیخ پڑی ــ "میں سونا نہیں چاہتی ابھی۔ میں چاہتی ہوں کہ وہ جب واپس آئے تو میں جاگتی رہوں۔"

آفتاب جلالی

رازی دیر سے اس کا منتظر تھا۔

گیرج میں اندھیرا تھا۔ شیلا بہت کھوئی کھوئی سی رازی کی طرف دیکھ رہی تھی۔ رازی خلافِ معمول اس وقت سنجیدہ تھا۔ ہونٹ سختی سے بھینچ رکھے تھے۔

"تم ایک مصیبت سے دو چار ہوگئی ہو ڈاکٹر!"

"تم یہ رپورٹ ہیڈ کوارٹرز کو بھیج چکے!" شیلا نے بے جان لہجے میں سوال کیا۔

"ابھی نہیں!"

"میں ایک دلدل میں پھنس گئی ہوں ــــ"

"ہاں!"

شیلا نے آنکھیں بند کرلیں۔ پپوٹے بالکل خشک تھے۔ ہونٹوں پر پپڑیاں جمی ہوئی تھیں!

"یہ بھی عجیب اتفاق ہے ــ" شیلا نے دھیرے دھیرے کہنا شروع کیا ــ "میں نے مالتی کی مدد کرنی چاہی تھی ــــ یہ سلسلہ کہاں تک جا پہنچا ــــ!"

"اب بھی تمھارے لیے ایک راستہ ہے ــــ اگر راجن ہاتھ لگ جائے!"

"کیا تم اس سے اتنی نفرت کرتے ہو کہ اسے ہر معاملے میں بلاوجہ گھسیٹتے پھرو؟"

"وہ قابلِ نفرت ہے!"

"پلیز رازی!"

"کیا اس نے تم سے بتایا تھا کہ وہ مالتی کو پہلے جانتا تھا!"

"وہ اسے نہیں جانتا تھا۔"

"وہ اسے اچھی طرح جانتا تھا۔ اسی نے مالتی کو تمھارا پتا دیا تھا!" رازی کا لہجہ سرد تھا۔!

"میں یقین نہیں کر سکتی!"

"تمھیں یقین کرنا پڑے گا۔ اور یہ بھی سن لو کہ مالتی کے پیٹ میں راجن کا بچّہ تھا۔ مالتی کو اس نے تمھارے پاس اس لیے بھیجا تھا کہ وہ تمھیں بے وقوف سمجھتا تھا۔ اسے پتا تھا کہ تم بہت جلد دوسروں کا درد اپنے سر پر اوڑھ بیٹھتی ہو۔ تم بہت سادہ لوح ہو شیلا۔ بہت رحم دل۔ اسے یقین تھا کہ تم مالتی کا حمل ساقط کر دوگی۔ اس طرح راجن صاف بچ گیا ہوتا۔"

شیلا کا چہرہ زرد ہو گیا۔ "نہیں!" وہ ہسٹریائی انداز میں چیخی رازی کی آنکھوں میں اس کے لیے ترس کے جذبات تھے۔ شیلا بری طرح ہانپ رہی تھی۔

"مالتی کے پاس جو کارڈ تھا اس پر تمھارا پتا ٹائپ کیا ہوا تھا۔ اس مقصد کے لیے راجن ہی کا ٹائپ رائٹر استعمال ہوا تھا!"

"تم پتا نہیں کیا کہہ رہے ہو!"

"میں جو کچھ کہہ رہا ہوں سچ ہے۔ ہر بات کا ثبوت میرے پاس ہے۔ تم دیکھنا چاہتی ہو؟"

"نہیں!"

"بہر نوع تم اسے استعمال کر سکتی ہو۔" رازی نے جیب سے تہہ کیا ہوا ایک کاغذ نکالا اور اس کے سامنے رکھ دیا۔ یہ روز کورٹ ہوٹل، رام گڑھ کے رجسٹر کے ایک صفحے کی فوٹو کاپی تھی۔ شیلا ڈری آنکھوں سے اس صفحے کو گھورتی رہی۔

"دیکھو! اس پر جو تاریخ پڑی ہوئی ہے اسے غور سے دیکھو! اور مہینے شمار کر لو — مالتی کا حمل جتنے دنوں کا تھا اسی سے حساب لگا لو۔!"

"نہیں!" شیلا نے اپنے کانوں پر ہاتھ رکھ لیے۔

رازی غور سے اس کی طرف دیکھ رہا تھا۔ شیلا سوچتی رہی اور روتی رہی۔ راجن ایسا بھی ہو سکتا تھا؟ مالتی کی عمر اس کی بیٹی کے برابر ہو سکتی تھی — راجن بظاہر کتنا مہذب تھا، کتنا باوقار! مالتی اور راجن — شیلا کا گلا خشک ہونے لگا۔ وہ بچہ جو مر گیا راجن کا بچہ تھا!

اچانک وہ ہچکیاں لے کر رونے لگی۔

"اس نے بہت ذلیل حرکت کی ہے۔ اس نے دو لاشیں تمہارے گیراج میں چھپا دیں۔ ظاہر ہے کہ شہر میں تمہارے گیراج سے زیادہ محفوظ جگہ اسے نہیں مل سکتی تھی۔ اسے یہ توقع رہی ہوگی کہ تم کم از کم دو چار روز بعد واپس آؤ گی۔ کیا اس کے پاس گیراج کی چابی تھی؟"

"گیراج میں نے کھلا چھوڑ دیا تھا!"

"میں پوچھتا ہوں اس کے پاس چابی تھی؟ ڈپلی کیٹ سہی؟"

"ہاں!" شیلا چیخ پڑی

"چہ چہ —" رازی نے اس پر ترحم آمیز نظر ڈالی — "تمہارے لیے میرے دل میں افسوس اور ہمدردی کے جذبات ہیں۔ میں تمہاری مدد کرنا چاہتا ہوں!"

"میں کوئی مدد نہیں چاہتی!"

"راجن کہاں ہے؟"

"میں نہیں جانتی!"

" اور اگر جانتی ہوتیں تب ؟"

" میں ہرگز نہ بتاتی !"

رازی کے ہونٹوں پر ایک کڑوی اور پژمردہ مسکراہٹ پھیل گئی — "آؤ میرے ساتھ ۔ میں تمھیں کچھ اور دکھانا چاہتا ہوں!" اس نے دھیرے سے کہا ۔

شیلا کی آنکھوں میں نفرت تھی — اور غصہ ۔

" راجن اور صرف راجن — مالتی اور گردور اور کمار کی موت کا ذمے دار ہے !" رازی نے ایک ایک لفظ پر زور دے کر کہا ۔ آؤ ! میرے ساتھ آؤ !"

" کہاں ؟"

" بس گیرج تک !"

" میں نہیں چلنا چاہتی !"

" چلو اور اپنی آنکھوں سے دیکھ لو !"

" کیا ؟"

" ریوالور !"

" ریوالور ؟"

" ہاں شیلا — دونوں قتل تمھارے گیرج ہی میں ہوئے ہیں !"

شیلا اس کے پیچھے پیچھے چلی گئی ۔ رازی نے فلیش لائٹ جلا دی ۔ روشنی کا دائرہ ریوالور پر پڑ رہا تھا ۔ شیلا غور سے دیکھتی رہی ۔ پھر یکبارگی وہ لڑکھڑائی — اسے وہ شام یاد آگئی جب راجن نے یہ ریوالور اسے دکھایا تھا — شیلا نے چہرہ اپنے ہاتھوں میں چھپا لیا ۔

" چلو — واپس چلیں !"

شیلا اس کے پیچھے پیچھے پھر گھر میں داخل ہوئی۔

"شیلا!" رازی نے نرمی سے اس کے شانے پر ہاتھ رکھا۔

"میرے خدا — کاش میں تم لوگوں سے کبھی نہ ملی ہوتی!" شیلا نے آنکھیں بند کر لیں۔

رازی کچن میں گیا۔ واپس آیا تو اس نے ہاتھ میں پانی کا ایک گلاس سنبھال رکھا تھا۔

"لو — یہ پی لو!"

"نہیں!"

"شیلا! تم گھبراؤ نہیں ورنہ یہ معاملہ اور بگڑ جائے گا۔ لاشیں تمھارے گیراج میں ملی ہیں۔ مالتی کے بیگ میں ٹائپ کیا ہوا پتا تمھارا تھا — کارمن کی لاش کے پاس تمھارا پرس ملا — یہ جال تمھارے گرد بہت ہوشیاری سے پھیلایا گیا ہے۔ اب بھی سنبھل جاؤ!"

"اب میں نہیں بچ سکتی!" شیلا کی آنکھیں چھلک آئیں۔

"اگر راجن مل جائے تو سب کچھ ٹھیک ہو سکتا ہے! بتادو شیلا! وہ کہاں ہے؟"

"میں نہیں جانتی!"

"تم اس کے دوستوں کے پتے جانتی ہو؟"

"ہاں! کچھ کے!"

"وہ ان میں کس کس کے گھر روپوش ہو سکتا ہے!"

"وہ یہاں آس پاس تو ہونے سے رہا!"

"کچھ تو عقل استعمال کرو — وہ یقیناً کہیں قریب ہی ہوگا۔ اسی لیے تو اس نے کار بھی تمھارے گیراج میں چھوڑ دی ہے —"

"پھر میں کیا کروں؟"
"اس کا پتا لگاؤ!"
"اس سے کیا ہوگا؟ گر وہ مل بھی جائے تو—!"
"تو اس سے کہہ دینا کہ اس کی دوڑ ختم ہو چکی ہے۔ اب اپنے آپ کو قانون کے حوالے کر دے!"
شیلا خاموشی سے فرش کی جانب دیکھتی رہی—
"تم کہاں ملو گے؟"
"میں؟" رازی کے ہونٹوں پر مسکراہٹ بکھر گئی— اداس اور بجھی بجھی سی۔ اس کی آنکھیں بھی اس وقت سرد تھیں— جذبات سے عاری— "میں یہیں انتظار کروں گا!"
شیلا کے دل و دماغ میں پھر ایک کشمکش شروع ہو گئی۔ وہ سوچنے لگی۔ رازی کو یقین ہے کہ راجن کار کے لیے ضرور آئے گا۔ اسی لیے وہ یہاں تنہا اس کا انتظار کرنا چاہتا ہے۔ مجھے راجن کو خبردار کر دینا چاہیے۔ راجن— راجن— راجن— شیلا کو رازی سے نفرت سی محسوس ہونے لگی۔ اس نے اپنی مٹھیاں بھینچ لیں۔
رازی نے ان ملائم مخروطی انگلیوں کی طرف دیکھا اور مسکرا دیا۔
محبت کیا سچ مچ اتنی ہی اندھی ہوتی ہے— اس نے دل میں سوچا۔ پھر شیلا کی طرف بڑھا۔ بہت نرمی سے اس کی کلائیاں تھامیں اور بھینچی ہوئی مٹھی کھول دی— "بے وقوف!" وہ بس اتنا کہہ سکا—

دریا کی طرف سے آتے ہوئے ہوا کے جھونکے تیز اور سرد تھے کہرے کی چادر بہت دبیز تھی۔ لوگ شاید ٹھنڈ سے بچنے کے لیے گھروں میں گھس گئے تھے۔ سڑک پر سناٹا تھا۔

شیلا چپ چاپ کھڑی تھی۔ وہ نہیں جانتی تھی کہ راجن کہاں ہے۔ وہ یہ بھی نہیں جانتی تھی کہ راجن زندہ ہے یا مرگیا۔ کہرا اب دھیرے دھیرے چھٹ رہا تھا۔ بیتوں کی چلمن سے چاند جھانکا تو شیلا کو احساس ہوا کہ وہ کتنی دیر سے بس یونہی کھڑی ہوئی ہے۔

تھکے تھکے قدموں سے وہ آگے بڑھی۔ اپنی کار کا دروازہ کھول کر ڈرائیونگ سیٹ سنبھالی، پھر انجن اسٹارٹ کر دیا۔ اس کا رخ اس عمارت کی طرف تھا جہاں راجن کا دفتر تھا۔ اندر روشنی ہو رہی تھی۔ بڑی بڑی مونچھوں والا چوکیدار باہر ٹہل رہا تھا۔

"کیا حال ہے امر سنگھ!"

"اچھا ہوں میم صاحب!" امر سنگھ کی باچھیں کھل گئیں۔

"آج رات تم نے راجن کو نہیں دیکھا؟"

"نہیں میم صاحب!"

"میں اندر جا کر دیکھتی ہوں ــــ"

راجن کے آفس کا دروازہ تھوڑا سا کھلا ہوا تھا۔ شیلا نے دستک دی۔

"کون؟" اندر سے آواز آئی۔

"شیلا باتھر!"

"اوہ ڈاکٹر ــــ آؤ!"

شیلا نے اندر جا کر دروازہ بند کر لیا۔ راجن کا شریک کار امیش بیٹھا ہوا تھا۔ شیلا اسے عرصے سے جانتی تھی۔

"بیٹھو ڈاکٹر!"

شیلا بیٹھ گئی ــــ

"راجن کی تلاش میں آئی ہو؟"

"ہاں!"

ریکھا بھی آج دن بھر فون پر فون کرتی رہی۔" امیش سگریٹ سلگانے لگا۔

"تم مصروف تھے ہیں بلاوجہ حارج ہوئی!"

"میں مصروف نہیں ہوں!"

"امیش! تم نے راجن کو آخری بار کب دیکھا تھا؟"

"تین دن پہلے!"

"کیا اس نے تمھیں فون بھی نہیں کیا ——؟"

"کیا تھا؟" کل صبح وہ نشے میں بری طرح دھت تھا۔ فون پر اس کی آواز پہچانی بھی نہیں جاتی تھی!"

"تم اسے سمجھاتے کیوں نہیں؟"

"کیا سمجھاؤں؟ ویسے کیا تمھیں کوئی ضروری کام ہے!"

"ہاں —— مگر بتا نہیں سکتی!"

"نہ بتاؤ —— میں سمجھ گیا ——" امیش کے چہرے پر معنی خیز مسکراہٹ تھی —— غالباً ریکھا کو تمھارے اور راجن کے تعلقات کا علم ہو گیا ہوگا۔ ریکھا بہری نہیں ہے۔ آخر اس نے سن ہی لیا ہو گا۔"

"اونہہ! یہ تم کیا بکواس لے بیٹھے!" شیلا اٹھ کھڑی ہوئی۔

"ارے! تم تو اٹھ گئیں!"

"ہاں ——" شیلا باہر نکل آئی۔

امر سنگھ نے اسے پھر ایک سیلوٹ مارا اور دانت نکال کر مسکرانے لگا۔ شیلا بے دلی سے آگے بڑھ گئی۔ اب وہ ساحل کی سمت جا رہی تھی۔

ریستوران میں سناٹا تھا۔ یہاں راجن کے ساتھ وہ کئی بار آچکی تھی۔ اس وقت میزیں گرد سے اٹی دکھائی دیں۔ شام کو آندھی آئی تھی۔ شیلا نے ایک کپ کافی کا آرڈر دیا۔

اتنے میں منیجر اس کی طرف آتا ہوا دکھائی دیا۔ وہ شیلا کو اچھی طرح پہچانتا تھا۔ بڑے مودّب انداز میں اس نے سلام کیا۔ شیلا جواباً مسکرائی۔

" ڈاکٹر آپ یہاں بیٹھ گئیں ؟ سارے کیبن خالی ہیں!"

" ہاں! ٹھیک ہے۔ میں تنہا ہوں اس لیے یہیں ٹھیک ہے!"

" آپ کے دوست آج نہیں آئے! کیا آپ انھیں کو ڈھونڈ رہی ہیں ؟"

" ہاں!"

" کوئی خاص بات ؟"

" نہیں! کوئی خاص بات نہیں ۔۔۔!"

" آج تو وہ نہیں آئے!"

" اور کل ؟"

" کل آئے تھے ۔۔۔ صبح کا ناشتہ انھوں نے یہیں کیا تھا۔ دو انڈوں کا آملیٹ اور چند سلائس۔ کچھ پریشان لگ رہے تھے آج کل پریشان کون نہیں ہے ڈاکٹر ۔۔۔"

منیجر کی تقریر جاری تھی۔ مگر شیلا کو کچھ بھی سنائی نہیں دے رہا تھا۔ وہ سمجھ گئی تھی کہ راجن کہاں ہوگا۔

○

دور دور تک اندھیرا تھا۔

دریا کے اس پار مچھیروں کی بستی میں اکا دکا چراغ ٹمٹما رہے تھے۔

وہ مضبوط قدموں سے چلتی، گرد و پیش کے سناٹے سے بے نیاز، بوٹ کلب کی جانب بڑھتی جا رہی تھی۔ کلب کی خوبصورت عمارت پر بھی خاموشی چھائی ہوئی تھی۔ انچارج کے کمرے میں روشنی تھی۔ دروازہ کھلا ہوا تھا۔ اس نے جھانک کر دیکھا۔ ایک لڑکا جو کالج کا طالب علم معلوم ہوتا تھا میز کے سامنے ایک کرسی پر بیٹھا اپنے جوتے کے سول کا معائنہ کر رہا تھا۔ عمر سترہ برس کے قریب رہی ہوگی۔ اس نے بالکل پکنک کا شوخ اور رنگین لباس پہن رکھا تھا۔ قد اچھا خاصا تھا۔ مگر رخساروں پر ابھی ڈاڑھی نہیں آئی تھی۔ اس کے انداز و اطوار میں بھی نوعمری کی جھلک تھی۔

شاید اس نے شیلا کی آہٹ محسوس کر لی تھی۔ دروازے کی طرف مڑ کر دیکھتے ہی وہ اٹھ کھڑا ہوا اور حماقت آمیز انداز میں مسکرانے لگا۔

"مجھے انچارج سے ملنا ہے!" شیلا نے کہا۔

"وہ تو گھر جا چکے ہیں ـــ"

"تو کیا اس وقت تم ان کی جگہ پر کام کر رہے ہو؟"

"نہیں میڈم ـــ وہ میرے چچا ہیں۔ میں ان کے یہاں اپنی چھٹیاں گزارنے آیا ہوں!"

شیلا کچھ سوچتی رہی پھر بولی "میرے ایک دوست جو بوٹ کلب کے ممبر ہیں ـــ ان کی ذاتی کشتی "گنگا" یہاں لنگر انداز ہے۔"

"تو کیا آپ اس کشتی پر کہیں جانا چاہتی ہیں؟"

"ہاں ـــ!"

"اوہ! بہت سے لوگ اس پار کی بستیوں میں راتیں گزارنے کے لیے جاتے ہیں۔ یونہی تفریحاً۔ تو کیا آپ بھی صبح تک واپس آئیں گی؟"

"آدھ گھنٹے میں آجاؤں گی ــــ اگر تم چاہو تو فون پر مسٹر امیش چندر سے بات کرلو۔ وہی اس کشتی کے مالک ہیں۔ اس وقت اپنے دفتر میں ہوں گے!"

"وہ دفتر میں نہیں ہیں ــــ ابھی ابھی یہاں آئے تھے۔ اپنی کشتی ہی کی طرف گئے ہیں!"

نوجوان گہری نظروں سے شیلا کا جائزہ لے رہا تھا۔ یہ جملہ سن کر شیلا چونک پڑی۔ مشکل سے آدھ گھنٹہ قبل وہ امیش سے مل کر آئی تھی۔ پھر وہ اتنی جلدی یہاں کیسے پہنچ گیا۔ اسی سوچ میں گم وہ آگے بڑھ گئی۔

"گنگا" دریا کے کنارے لنگر انداز کشتیوں کے بیچ اچھی طرح پہچانی جاسکتی تھی۔ اسے ایک اچھا خاصا گھر کہنا چاہیے۔ بوٹ کلب کے کسی اور ممبر کے پاس اس پایے کی ہاؤس بوٹ نہیں تھی۔ سرخ اور نیلے بادبان ہوا سے پھڑپھڑا رہے تھے۔ شیلا نے تختے پر اپنے قدم رکھے۔

"امیش!" اس نے پکارا۔ پھر آگے بڑھ کر کیبن کا پردہ ہٹایا ــــ اندھیرے میں اسے کوئی دکھائی نہیں دیا۔

"امیش!" ایک بار پھر اس نے آواز دی۔

ایک سایہ کسمسایا۔ لمبی جماہی لی۔ پھر اندھیرے میں گھور کر شیلا کو دیکھا ــــ وہ امیش نہیں تھا ــــ راجن تھا!

راجن لیٹا ہوا تھا۔ شاید اسے نیند آگئی تھی۔ اس نے پھر جماہی لی۔

شیلا نے جھک کر اس کی پیشانی پر ہاتھ پھیرا "راجن! یہ میں ہوں — شیلا!"

راجن نے آنکھیں پوری طرح کھولنے کی کوشش کی۔ ان میں آنسو بھرے ہوئے تھے۔

"مجھے کچھ کہنا ہے راجن!"

راجن نے کوئی جواب نہیں دیا چپ چاپ اٹھ کر بیٹھ گیا اور جیب سے سگریٹ کا پیکٹ نکال کر ماچس ڈھونڈنے لگا۔

"آخر تم لوگوں سے چھپ چھپ کر کب تک اس طرح رہ سکو گے؟"

"میں کسی سے ملنا نہیں چاہتا!" راجن کی آواز بھرّائی ہوئی تھی۔

"چلو اٹھو تو — کیبن سے باہر چلتے ہیں۔" شیلا اسے تقریباً کھینچتی ہوئی باہر لائی۔ آسمان ستاروں سے بھرا ہوا تھا۔ دور شہر کے نشیبی علاقوں میں قمقمے روشن تھے۔

"تم کچھ کہو تو —!" شیلا دھیرے سے بولی۔

"نہیں شیلا مجھے افسوس ہے —!"

شیلا کو ایسا لگا جیسے وہ ابھی ہسٹریائی دوروں سے دوچار ہو جائے گی۔ وہ اپنے جذبات پر قابو پانا چاہتی تھی۔ دونوں ہونٹ اس نے سختی سے بھینچ رکھے تھے۔

"کیا تم یہ بھی نہیں بتاؤ گے کہ آخر کیوں — کیوں —" شیلا اس سے آگے نہیں کہہ سکی۔

راجن نے بیتابانہ انداز میں اس کے ہاتھ پکڑ کر اپنے جلتے ہوئے ہونٹوں سے لگا لیے —

"گھبراؤ نہیں شیلا! بہت جلد تمھیں ہر سوال کا جواب مل جائے گا!"

شیلا نے دریا کی سطح پر ایک نظر ڈالی۔ پانی کی چادر گہری سیاہ

دکھائی دی۔ اسے فوراً مالتی یاد آگئی ——

"تم مجھ سے پیار کرتی تھیں شیلا!"

"ہاں!"

"اب بھی کرتی ہو؟"

شیلا ہزار کوشش کے باوجود زبان تک آئے ہوئے لفظوں کو روک نہ سکی۔ اس نے افسردگی سے کہا —"میں کیا بتاؤں؟ کچھ سمجھ میں نہیں آتا۔ تم مالتی کے بارے میں مجھ سے جھوٹ بولے تھے —کیوں؟ تم نے کہا تھا کہ تم اس کو بالکل نہیں جانتے!"

"اس وقت وہ جھوٹ نہیں تھا شیلا —اخباروں میں اس کی لاش کا فوٹو نہیں پہچان سکا۔ صورت بہت بدل گئی تھی۔ مجھے گمان بھی نہیں تھا کہ یہ وہی لڑکی ہے —اف — وہ کتنی معصوم اور سادہ لوح تھی!"

شیلا نے اپنا چہرہ ساری کے پلو میں چھپا لیا تھا اور سسکیاں لے رہی تھی۔ راجن اسے دیوانہ وار جھنجھوڑنے لگا —"بتاؤ شیلا! کہہ دو کہ تم اب بھی مجھ سے پیار کرتی ہو!"

"میں —میں کیسے کہہ دوں —" شیلا پھوٹ پھوٹ کر رونے لگی — راجن اس کے آنسو پونچھ رہا تھا۔

"جاؤ شیلا —یہاں سے چلی جاؤ —ہم دونوں کو اب یہاں سے چلا جانا چاہیے!"

تم کہاں جاؤ گے؟

"گھر!"

"گھر؟"

ہاں ریکھا کے پاس —اور تم رازی کو اطلاع دے دو کہ میں اس کا منتظر ہوں —

موت کا بازار

یوکلپٹس کے پیڑ تیز طرار لچکیلی رقاصاؤں کی طرح ہوا کے جھونکوں کے ساتھ جھوم رہے تھے۔

برآمدے میں روشنی تھی۔ اکّا دکّا کمروں میں بھی زندگی کے آثار نظر آتے تھے۔ خلافِ معمول لان میں آج بے ترتیبی تھی۔ گھاس شاید ہفتے بھر سے کاٹی نہیں گئی تھی۔ پھولوں کی پنکھڑیاں مرجھائی مرجھائی سی اِدھر اُدھر پڑی ہوئی تھیں۔

وہ دونوں تھکے تھکے قدموں سے سیڑھیوں پر چڑھنے لگے۔ شیلا نے سردی کی لہر سے بچنے کے لیے اسکارف باندھ لیا تھا۔ راجن کے دونوں ہاتھ جیب میں پڑے ہوئے تھے۔ وہ بوجھل مگر پُراعتماد قدموں سے آگے بڑھ رہا تھا۔

اندر خواب گاہ میں ریکھا نیلے ریشمی سلیپنگ گاؤن میں لپٹی ایک میز کے قریب آرام کرسی پر بیٹھی ہوئی تھی۔ اپنے گلے کے نشان کو چھپانے کے لیے اس نے نیلا مخملیں فیتہ باندھ رکھا تھا۔ آتش دان میں انگارے دہک رہے تھے۔

"آگے مجھے جانے دو!" شیلا نے سرگوشی کی۔

"نہیں — میں نہیں چاہتا تھا کہ تم اس وقت ساتھ آؤ — ریکھا غصے میں کچھ بھی کر سکتی ہے —" راجن نے کہا۔
شیلا رک گئی — راجن کمرے میں چلا گیا — ایک دو پل کے بعد شیلا بھی اندر داخل ہوئی —
"ارے — تم بھی آگئیں ڈاکٹر! یہ دیکھو! ابھی ابھی راجن آیا ہے۔ —" ریکھا مسرت آمیز لہجے میں بولی۔
راجن کا چہرہ بالکل سنجیدہ تھا — ایک دم زرد اور بے حس۔ بس اس کی آنکھوں سے افسردگی جھلکتی تھی۔ وہ ریکھا کے سامنے پڑی کرسی پر سر جھکائے بیٹھا تھا۔ ریکھا مسکرا رہی تھی —
دفعتاً دروازے کے باہر کچھ آہٹ سی محسوس ہوئی۔ کوئی بھاری قدموں سے چلتا کمرے کی طرف آرہا تھا — ایک ساتھ ان تینوں نے مڑ کر دیکھا۔
ریکھا کے ہونٹوں پر ایک بے جان سی مسکراہٹ پھیل گئی۔
'ارے! یہ کیا — تم بھی آگئے؟ کیا تم سب پہلے سے طے کر کے اس طرح یکے بعد دیگرے آئے ہو — تم انسپکٹر رازی ہو نا؟ میں تمھیں پہچان رہی ہوں۔ آج دوپہر میں تم ہی تو آئے تھے — اور راجن کے ٹائپ رائٹر پر کچھ ٹائپ کیا تھا — کیوں؟"
"ہاں مسز راجن میں ہی تھا!"
"راجن ڈارلنگ!" ریکھا نے اسے مخاطب کیا — "یہ کیوں آئے ہیں؟ تم تو بہت شریف انسان ہو! پھر یہ پولس تمھارے پیچھے کیوں لگی ہوئی ہے؟"
سب خاموش رہے۔
"اف! یہاں کتنی خاموشی ہے۔ قبرستان جیسی — یا موت کا

بازار لگا ہوا ہے، جہاں سارا کاروبار بہت خاموشی سے چلتا ہے!
پلیز رازی — شیلا — تم دونوں اتنے چپ کیوں ہو؟ کچھ تو بولو۔
راجن تم بھی چپ ہو!"

رازی گہری نظروں سے شیلا کی جانب دیکھ رہا تھا۔

"راجن تم کب سے غائب تھے — اب آئے ہو تو بت بنے بیٹھے ہو۔ کچھ تو کہو — دیکھو — ڈاکٹر شیلا ماتھر — انسپکٹر رازی۔ اس وقت دونوں ہمارے مہمان ہیں۔ ان کی تواضع کرو — میں تو اٹھ نہیں سکتی —!"

"اوہ نہیں — شکریہ!" رازی بولا۔

اتنے میں ہوا کے جھونکے پھر تیز ہو گئے۔ دیوار پر لگا ہوا کیلنڈر پھڑ پھڑانے لگا۔

ایسا لگا کہ ساری عمارت ہل رہی ہے۔

"شیلا ڈیر —!" ریکھا پھر بولی "میں تھوڑی سی سنکی ہوں۔ مجھے ہوا کے تیز جھونکوں سے نفرت ہے۔ میں کھڑکیوں کے دروازے بند کرنا ہی بھول گئی تھی۔ مگر کتنی ہی باتیں ایسی ہیں جنھیں چاہوں بھی تو بھلا نہیں پاتی — مجھے وہ دن بہت آتے ہیں جب میں جوان اور صحت مند تھی — خوبصورت تھی۔ وہ دن کتنے اچھے تھے۔ میں ڈیڈی کے ساتھ تھی۔ ہم سب ہر وقت خوش رہتے تھے۔ راجن بھی ان دنوں بہت حسین تھا۔ کیوں راجن؟ اور شیلا — میں تم سے بہت مختلف تھی۔ تم تو بہت مضبوط دکھائی دیتی ہو — میں نازک تھی — کسی گڑیا کی طرح — اس وقت مجھے احساس نہیں تھا کہ دنیا بہت بری اور بے رحم ہے — سارے رشتے جھوٹے ہیں۔"

"ریکھا ـــــ!" راجن نے اسے ٹوکا۔

ریکھا نے خالی نظروں سے اس کی طرف دیکھا ـــــ "یہ بری عادت ہے راجن! تم ہمیشہ مجھے بیچ میں ٹوک دیتے ہو۔ ڈیڈی مجھ سے ہمیشہ کہتے تھے کہ کسی کو بیچ میں نہیں ٹوکنا چاہیے ـــــ یہ بدتمیزی کی بات ہے ـــــ دیکھو راجن ـــــ دروازے پر کوئی دستک دے رہا ہے۔"

"دستک نہیں ـــــ ہوا کے جھونکے ہیں!"

"نہیں راجن ـــــ تم غلطی پر ہو۔ مجھ سے معافی مانگو!" ریکھا کا لہجہ سپاٹ تھا۔

راجن کا چہرہ تاریک ہو گیا۔ سارے ماحول پر موت کی سی سنگین خاموشی چھائی ہوئی تھی۔ ریکھا کا چہرہ سفید تھا ـــــ لاش کی طرح وہ ہر جذبے سے یکسر عاری دکھائی دیتی تھی۔ شیلا اور رازی اسے غور سے دیکھ رہے تھے۔

"راجن! مجھ سے معافی مانگو!"

"میں معافی چاہتا ہوں!" راجن کاروباری انداز میں بولا۔

"نہیں ـــــ ذرا قاعدے سے ـــــ!"

"ریکھا، تم ہوش میں نہیں ہو!"

"دیکھو راجن ـــــ تم پھر چڑ چڑے نظر آنے لگے۔ یہ بڑی بدتمیزی کی بات ہے۔ مہمانوں کے سامنے تمھیں اپنا رویہ مہذب رکھنا چاہیے۔ ـــــ وہ پستہ قد آدمی بھی تمھاری طرح چڑ چڑا تھا ـــــ بے ہودہ کہیں کا ـــــ"

"گرو دوار!" رازی بولا۔

"ہاں گرو دوار!" ریکھا اپنی دھن میں کہے جا رہی تھی۔ "میں نے اسے بہت سمجھایا۔ مگر وہ بلا کا ضدی اور کوڑھ مغز تھا۔ میری بات اس

آفتاب جلالی

کی سمجھ میں نہیں آئی ۔ میری بات راجن کی سمجھ میں بھی نہیں آئی ۔جبھی تو وہ مجھے چھوڑ کر —"

"ریکھا!" راجن نے تنبیہہ آمیز انداز میں کہا۔

"تم مجھے دھمکی دے رہے ہو راجن! میں چپ نہیں رہ سکتی ۔!"

"تم مہمانوں کے سامنے — !"

"مہمان؟" ریکھا بات کاٹ کر بولی ۔ یہ کہو کہ تم اس پولس آفیسر سے ڈرتے ہو۔ مگر میں بے وقوف نہیں ہوں۔ میں نے کوئی گناہ نہیں کیا۔ کوئی جرم نہیں کیا۔ میں کسی سے نہیں ڈرتی۔ بس ایک بار شروع شروع میں ڈرائونگ لائسنس کے بغیر گاڑی چلائی تھی —!"

"یہ کب کی بات ہے؟" رازی نے پوچھا۔

"میں نہیں بتاؤں گی!" ریکھا ہنسی —

شیلا کا دل بیٹھنے لگا — "یہ اس وقت سچ مچ اپنے حواس کھو بیٹھی ہے!" اس نے رازی کے کان میں دھیرے سے کہا —

ریکھا پھر ہنسی — "شیلا! میں نے سن لیا — تم جو کچھ بھی کہہ رہی تھیں میں نے سن لیا!"

"ریکھا!" آخر راجن سے نہ رہا گیا۔

"اونہہ!" ریکھا کے حلق سے پھر وہی کھنکتی ہوئی ہنسی نکلی —

"کیوں شور مچا رہے ہو راجن! دیکھو — مالتی یاد ہے تمھیں — اس کے پیٹ میں تمھارا بچہ تھا۔ اس بچے کی حقدار میں تھی۔ مجھے ماں بننا چاہیے تھا — مگر — تم بھی کتنے عجیب آدمی ہو۔ تم نے اور شیلا نے اسے مار دیا — اخلاقی طور پر تم دونوں اس کی موت کے ذمے دار ہو!"

شیلا کو ایسا لگا کہ اس کے دماغ کے پرخچے اڑ جائیں گے ۔کمرہ سرد

ہوتا جارہا تھا۔ آتش دان میں دہکتے ہوئے انگارے کب کے بجھ چکے تھے۔ رازی کے چہرے پر افسردگی کا غبار پھیلا ہوا تھا۔

"میں نے ہی مالتی کو شیلا کے پاس بھیجا تھا ــ" ریکھا پھر شروع ہوگئی ــ میں نہیں چاہتی تھی کہ وہ راجن کے لیے مصیبت بن جائے۔ مجھے پتا تھا کہ اگر مالتی کا حمل ضائع کر دیا گیا تو ساری الجھن ختم ہو جائے گی ــ اگر وہ عدالتی کارروائی کر بیٹھتی تو ــ؟ میرے وقار کو بھی تو ٹھیس لگتی۔ لوگ کہتے ــ اتنے اونچے آدرش رکھنے والوں کے گھر اندر سے کتنے گندے ہوتے ہیں ــ لیکن شیلا نے اس کی مدد کرنے سے انکار کر دیا ــ مالتی واپس آگئی اس وقت میں باغ میں تھی۔ تم نے میرا باغ دیکھا ہے انسپکٹر رازی؟"

"ہاں!"

"بہت خوبصورت ہے ــ ہے نا؟" ریکھا کا چہرہ کسی بچے کی طرح بشاش تھا ــ پھر وہ سنجیدہ ہوگئی ــ "ہاں ــ تو مالتی آئی ــ وہ تنہا نہیں تھی۔ اس کے ساتھ دو آدمی اور تھے۔ ان میں سے ایک اشوک گرودر تھا ــ مالتی کا چچا ــ دوسرا کمار ــ مالتی کا شوہر ــ گرودر مالتی کو مجبور کر رہا تھا کہ وہ راجن کو بلیک میل کرے ــ"

راجن کا چہرہ لٹک گیا۔ ایسا لگتا تھا کہ وہ اچانک بوڑھا ہوگیا ہے۔

"وہ راجن کا انتظار کرتی رہی ــ میں نے اس سے بار بار کہا کہ راجن دیر سے آنے کا عادی ہے۔ کبھی کبھی تو پوری پوری رات غائب رہتا ہے ــ ہے نا شیلا؟"

شیلا کا چہرہ پتھر ہو رہا تھا۔ اس نے کچھ کہنا چاہا مگر ہونٹ بھینچ کر رہ گئی۔

"ہاں تو میں نے بار بار کہا ــ لیکن مالتی کو یقین نہیں آیا۔ وہ

یہی سمجھی کہ میں جھوٹ بول رہی ہوں — تنگ آ کر میں نے یہی سوچا کہ راجن کو تلاش کیا جائے۔ میں مالتی کے ساتھ پہلے راجن کے دفتر گئی — پھر بوٹ کلب کی طرف — راجن کو مچھلیوں کے شکار کا شوق جنون کی حد تک ہے — اور کشتی پر سیر کا بھی — راجن دونوں جگہوں پر نظر نہیں آیا — مالتی کچھ دیر روتی رہی پھر چیخنے لگی — وہ مسلسل یہی کہے جا رہی تھی کہ خودکشی کر لے گی —!"

"اور اس نے خودکشی کر لی!" رازی گمبھیر لہجے میں بولا۔

"ہاں شاید — لیکن — نہیں نہیں۔ اس نے خودکشی نہیں کی!"

راجن کے ماتھے پر سخت سردی میں بھی پسینے کی بوندیں دکھائی دیں۔

"وہ مری کیسے —؟" رازی نے سوال کیا —

"یاد — نہیں آتا —"

"ذرا ذہن پر زور دو!" رازی نے چمکارتے ہوئے کہا —

"نہیں انسپکٹر رازی — میں اسے بھول جانا چاہتی ہوں۔ وہ بڑی بھولی لڑکی تھی — مگر مصیبت کھڑی کر سکتی تھی — راجن کے لیے — میرے وقار کو بھی صدمہ پہنچتا۔ سارے شہر میں بدنامی ہوتی — میں نے اسے ختم کر دیا —" ریکھا کا لہجہ سپاٹ تھا۔

شیلا اور رازی اسے عجیب نظروں سے دیکھ رہے تھے۔ راجن ہانپ رہا تھا۔

"اور گرودر؟" رازی نے سوالیہ نظروں سے ریکھا کی طرف دیکھا۔

ہاں — گرودر — وہ ایک رات مالتی کی تلاش میں یہاں آیا — میں نے اس سے کہہ دیا کہ مالتی گھر گئی۔ راجن سے ملاقات نہیں ہو سکی۔ جبکہ میں مالتی کو دریا کے کنارے ٹھکانے لگا کر آئی تھی —" ریکھا اپنی آنکھیں ملنے لگی — "اب مجھے کچھ بھی یاد نہیں

آرہا ہے — ہاں شاید — گرودر کو مجھ پر یقین نہیں آیا — وہ یہی سمجھتا رہا کہ میں نے مالتی کو گھر میں چھپا رکھا ہے — وہ یہی ضد کرتا رہا کہ مالتی کو باہر نکالوں — راجن! تم مجھے گھور گھور کر کیوں دیکھ رہے ہو — گرودر بہت لالچی تھا۔ اس نے مجھ سے روپے مانگے۔ —میں نے دے دیے۔ اس نے وعدہ کیا تھا کہ راجن کا نام مالتی کے سلسلے میں کم سے کم اس کی زبان پر نہیں آئے گا —!"

"پھر وہ دوبارہ آیا؟" رازی نے پوچھا۔

"ہاں ہاں — دوبارہ آیا۔ منہ اندھیرے — راجن حسب معمول غائب تھا۔ مجھے کچھ پتا نہیں تھا کہ وہ کہاں ہے۔ میں رات بھر جاگتی رہی تھی — کیوں راجن! یہ کیا حرکت ہے! تم رات رات بھر غائب رہتے ہو — تمھیں بتا تو دینا چاہیے — کیوں شیلا!"

شیلا تھوک نگلنے لگی۔

ریکھا کھکھلا کر ہنس پڑی — "اس روز گرودر کے ساتھ کمار بھی تھا۔ گرودر پھر روپے چاہتا تھا۔ میں نے سوچا کہ اس کا کچھ علاج ہونا چاہیے۔ میں راجن کے کمرے میں گئی۔ میز کے دراز میں راجن کا ریوالور موجود تھا۔ میں ریوالور اپنے بیگ میں رکھ کر آئی۔ پھر ہم تینوں گاڑی میں بیٹھ گئے۔ گرودر سامنے کی سیٹ پر کمار کے ساتھ بیٹھا۔ میں پیچھے کی سیٹ پر۔ میں نے ان دونوں کو یقین دلایا تھا کہ گھر میں روپے نہیں ہیں۔ ایک دوست سے لے کر دوں گی۔ خیر — جیسے ہی ہم عیسائیوں کے قبرستان کے پاس سے گزرے کمار ہنسنے لگا۔ بدتمیز اس نے سینے پر صلیب کا نشان بناتے ہوئے کہا — لوگ یہیں آنے کے لیے مرتے ہیں — میں بھی ہنسنے لگی۔ پھر میں نے چپکے سے ریوالور نکالا۔ بے آواز ہے وہ ریوالور — راجن نے

اس میں سائلنسر لگوا رکھا ہے۔ میں نے ایک گولی گرو ور کی کھوپڑی میں اتار دی — پھر میں نے کمار سے کہا کہ گاڑی روکے —"

ریکھا نے اتنا کہہ کر غور سے رازی کی طرف دیکھا۔

رازی کے چہرے پر چھایا ہوا افسردگی کا غبار اور گہرا ہو چلا تھا۔ شیلا اس طرح سناٹے میں آ گئی تھی جیسے اسے سانپ سونگھ گیا ہو۔ راجن ابھی تک ہانپ رہا تھا۔

"ہاں — تو پھر —" ریکھا نے سلسلہ آگے بڑھاتے ہوئے کہا — "کمار نے گاڑی جیسے ہی روکی میں نے اسے ختم کر دیا۔ پھر میں نے گھسیٹ کر ان دونوں کو پچھلی سیٹ پر ڈال دیا۔ مجھے پتا تھا کہ شیلا باہر گئی ہوئی ہے۔ شالنی نے مجھے فون پر بتا دیا تھا —— میں اس گاڑی کو ڈرائیو کرتی ہوئی شیلا کے گھر گئی۔ اس کا گیراج کھلا ہوا تھا۔ بند ہوتا تو گاڑی باہر چھوڑ دیتی — میں نے گاڑی گیراج میں پہنچا دی۔ یہ سوچ سوچ کر محظوظ ہو رہی تھی کہ شیلا یا راجن واپس آ کر یہ تماشا دیکھیں گے تو — کیوں شیلا! تم چونک تو پڑی ہو گی؟"

شیلا نے کوئی جواب نہیں دیا۔

"کاش میں اس وقت وہاں ہوتی اور تمھارا چہرہ دیکھتی —— میرا جی چاہتا ہے کہ کسی دھار دار چیز سے تمھارا چہرہ بگاڑ دوں!"

شیلا سہم گئی — رازی کی نگاہیں ریکھا کے چہرے پر جمی ہوئی تھیں —

"ریکھا!" راجن چیخ کر بولا۔

ریکھا فوراً اس کی طرف مڑی۔ اس کا چہرہ پہلے سے زیادہ سرد تھا — وہ بجھی ہوئی آواز میں بولی — راجن میرے سر میں درد ہو رہا ہے۔ راجن! تم کہو کہ تم مجھ سے پیار کرتے ہو ——

اور شیلا سے تمھیں نفرت ہے۔ کہو — کہو — انسپکٹر رازی! ارے — انسپکٹر رازی کہاں گیا —؟ اس سے کہو کہ شیلا کا چہرہ بگاڑ دے نشتر سے نہ سہی تیزاب سے سہی — انسپکٹر رازی!" ریکھا زور سے چلائی۔

"وہ فون کر رہا ہے!" راجن کی آواز کانپ رہی تھی —

"اونہہ! ریکھا نے راجن کا ہاتھ پکڑ کر اپنے سر پر رکھ لیا — راجن! مجھے باہر لے چلو — میں گھر میں پڑے پڑے تھک گئی ہوں۔ میں بہت جلد مر جاؤں گی —"

راجن کی آنکھوں سے آنسو کے دو قطرے گرے اور ریکھا کے بالوں میں جذب ہو گئے۔

شیلا کی آنکھیں پتھرا سی گئی تھیں۔ وہ کرسی پر نیم مردہ سی پڑی ہوئی تھی۔

ہوائیں اب ساکت ہو چکی تھیں — جیسے سارے ماحول پر موت کی حکمرانی ہو — ریکھا اب ایک دم خاموش تھی۔

ذرا دیر بعد ہی پولس وین آگئی۔ ریکھا چپ چاپ اٹھی۔ اسے ایک طرف سے رازی نے سنبھال رکھا تھا، دوسری طرف سے راجن نے۔ لڑکھڑاتے قدموں سے چلتی وہ اسی خاموشی کے ساتھ پولس وین میں بیٹھ گئی۔ راجن بھی اس کے ساتھ تھا۔

ریکھا کو پولس اسٹیشن کی سمت روانہ کرنے کے بعد رازی کسی ہارے ہوئے جواری کی طرح پھر اسی کمرے میں واپس آیا۔ شیلا نے اپنا چہرہ بازوؤں میں چھپا رکھا تھا اور لگاتار روئے جا رہی تھی۔

"مجھے ریکھا سے ہمدردی ہے شیلا — اور راجن — وہ بھی اتنا برا نہیں جتنا میں سمجھتا تھا — تم سچ مچ بے وقوف ہو۔

جاؤ! گھر جاؤ! اچھا! میں اب چلتا ہوں۔ یہ کارروائی مکمل کرنی ہے۔!"

رازی نے دروازے تک پہنچ کر ایک بار پھر شیلا کی جانب مڑ کر دیکھا۔ شیلا اسی طرح روئے جا رہی تھی۔

راجن ولا کا گیٹ کسی کتاب کی طرح کھلا پھر بند ہو گیا۔ رازی کی گاڑی بھی اب نگاہ سے اوجھل ہو چکی تھی۔ شیلا کھڑکی سے باہر پھیلے ہوئے اندھیرے میں گھنٹوں نہ جانے کیا ڈھونڈتی رہی۔ اسے یہ احساس بھی نہ ہو سکا کہ شہر کی سڑکوں پر روشن قمقمے کب بجھے اور کب سویرا ہوا۔ سامنے ہار سنگار کی ٹہنی پر بیٹھا ہوا ایک اکیلا پرندہ لگاتار چیخ رہا تھا۔

★★★